JN152080

小学館文庫

午前二時不動産の謎解き内覧

奥野じゅん

小学館

2 a.m. Solving the Mystery of Real Estate

Contents

第一章　ハムスターを追いかけた部屋　7

第二章　名無しの手紙が届く部屋　97

第三章　魔法の箱が開く部屋　189

本文間取図：Madori-na

午前二時★不動産の謎★解き内覧

第一章　ハムスターを追いかけた部屋

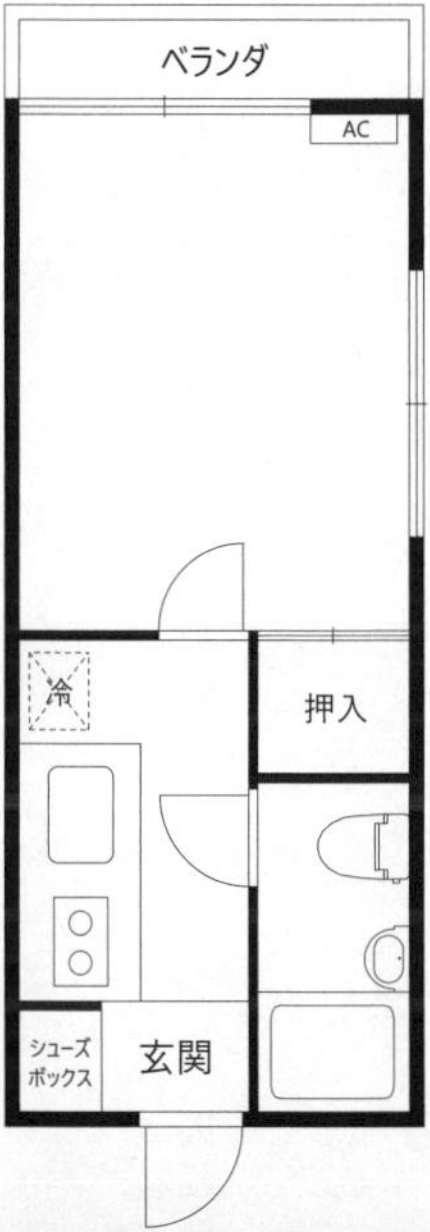

1

東京の夜空は赤黒い。煌々《こうこう》と灯《とも》るビル群の灯《あか》りを吸い上げているから、暮れきらずに濁っている。

この夜空の下に一四〇〇万人以上が住んでいることにも驚くが、そのうちのたったひとりにさえも入れてもらえない自分の不甲斐《ふがい》なさには、もっと驚いている。

家なんて山ほどあるのに、なぜ見つけられないのか。いや、理由は分かりきっているが。

薄ぼんやりとした思考のままふらふらと植え込みに近寄り、低いブロックに腰掛ける。深いため息をつき、谷口《たにぐち》あやはうなだれた。

貴重な土曜日を不動産会社めぐりに費やした。しかも、十軒以上回って全滅だ。

『実店舗には、不動産ポータルサイトには無い掘り出し物件がある』というネットの情報を信じて都内をさまよい、精根尽き果て流れ着いた世田谷《せたがや》区三軒茶屋《さんげんぢゃや》駅前のネットカフェに入り、そのまま寝落ちして終電を逃した。

そこで朝まで寝られればよかったが、隣のブースのゲーマーが机を叩《たた》く行為を繰り返しており、あまりのうるささに思わず脱出。疲労困憊《こんぱい》のまま三茶の路地裏に迷い込み、いまに至る。

時刻は午前一時五十五分。スマホを見ると、母から、どこにいるのかという心配のLINEが来ている。さすがにもう寝ているだろうが、一応無事である旨を簡潔に送る……と同時に、とてつもない不安に襲われた。

母は、もちおのごはんをセットしてくれただろうか？

夜行性の小さなハリネズミに爆発的な愛情を注ぐあやは、毎晩もちおが起きだす少し前に、万全の準備を整える。

数種類のカリカリフードをブレンドしてぬるま湯でふやかし、給水ボトルを念入りに洗って小動物専用の水を注ぎ、ビタミン剤を一滴混ぜ、床材の中から命の営みの残骸を拾い集め、除菌ウェットティッシュでホイールを拭き……という手順は伝えてあるが、帰りが遅くなる旨を伝えていない以上、それが行われている保証はないのだ。

妹のひなにLINE通話を掛けてみるも、なかなか出てくれない。長いコール音を聴きながら、自分の現状が情けなくなり、再びうなだれる。

先月、同棲《どうせい》していた恋人と破局した。大学卒業後、社会人になってすぐ付き合い始めて、交際四年。大きな喧嘩《けんか》はなかったが、お互い積もり積もった不満がついに修復不可能なところまで来てしまい、あやが出ていくことになった。

横幅九〇センチの巨大ケージを抱えて路頭に迷うわけにはいかず、一旦実家に戻った。戻れる実家があることには感謝しかない一方、神奈川県の南端から大都会恵比寿《えびす》へ通勤を続けるのは応える。往復四時間の通勤が、あやの生きる気力も目的もこそいでいた。

「……出ないかあ」

やむなく切ろうとスマホをタップしかけたタイミングで、通話が繋《つな》がった。

ビデオ通話だ。しかし部屋は暗く、ゴソゴソという音だけが聞こえる。なぜビデオ通話……と思いかけたそのときだった。

暗い部屋の真ん中で、愛するもちおがベッドサイドランプのスポットライトを浴びていた。

「もちお！」

おすわりしている姿がてでんと誇らしげに見えるのは、親バカだからではない。もちおは生きているだけで拍手喝采なのだ。

「もちお～！　あやちゃんだよ！　もち～会いたい～」

どうやらスマホを床に置いているようで、画面の中のもちおは、てちてちと近寄ってきて、不思議そうな顔をしている。さらに接近してくるのは、板の中にいる飼い主と遊ぼうとしているのか。

ついに画面はもちおでいっぱいになった。

『お姉ちゃん、どこにいるの？　大丈夫？　変な人に絡まれてない？』

ハリネズミの鼻と口だけが映る画面で、会話の相手が見えないままあやは答える。

「笑えるくらい誰もいないよ。変な人はわたしじゃないかな。もちおー、もうちょっと離れて？　お顔見せて？　できる？」

数歩下がったもちおの上空から手が伸びてきて、むんずと摑《つか》む。ひなはフローリングにあぐらをかき、もちおをひざに乗せた。

『うわ、めっちゃ路上じゃん。マジで普通に危ないから、どっかネカフェかファミレスとかで寝なよ。ねえ、もちお？』

丸くなったもちおは答えない。心地よさそうに膨らんだりしぼんだりしていて、その呼吸の様子すら愛《いと》おしい。

もちおのためにも、一刻も早く新居を見つけなければ。いや、その前に、今晩寝るところか……。

適当に屋根のあるところに入って夜を明かす旨を告げ、あやは通話を切る。

しかし正直に言って、駅前まで戻って店を探す体力は残っておらず、なかなか腰が上がらない。

セミロングの髪を整えながら顔を上げると、視線の数メートル先で、ぽっと灯りがついたのが見えた。

ほどなくしてドアのカウベルがカランカランと鳴り、中から人影が出てきた。中腰でなにやら作業をしている——どうやら、ブラックボードを出しているようだ。

こんな時間に店を開けるのなら、バーか何かかもしれない。

なけなしの気力を振り絞って歩き出し、橙色《だいだい》の灯りを漏らすビルの前で足を止める。

レンガ調の外壁に手を添えて覗《のぞ》いてみると、黒い格子窓の中は、クラフト系の工房のように見えた。

飲食店ではないのか、と少し落胆しながら身をかがめて見ると、ブラックボードにはこう書かれていた。

【午前二時不動産】

「……不動産？」

とつぶやいたのと同時に、視界の端に人の足が映った。あやは顔を上げ、ぎゃっと声を上げる。

消えたと思った人物がそこに居たのにも驚いたが、それ以上に、その男のルックスに驚いた。容姿端麗とは、この人物を表すために生まれた言葉なのかもしれない。細身のスーツに身を包む男は、一八〇センチ近くありそうな長身なのに、肌も髪も色素が薄いからか、どこか儚《はかな》い印象がある。

長めの前髪を真ん中で分けて後ろに流すスタイルは洗練されており、まっすぐ通った鼻筋と、シャープなあごのラインもあいまって、芸術的な横顔を作り出していた。

自然と目が合い、あやは意味もなく会釈をする。男は見事なアーモンドアイを細め、微笑《ほほえ》みを返した。

「あの……ここ、不動産屋さんなんですか？」

「そうですよ。これからお店を開けるところでした」

と答えるその声色はまろやかだ。年のころは二十代後半に見えるが、落ち着きぶりを見ると、実際はもう少し上かもしれない。

それにしても、こんな時間に店を開ける不動産屋とは？　午前二時不動産。確かにいまは午前二時だが、二時だけど……二時に？

混乱した思考のまま、あやは尋ねる。

「あの、わたし、家探してて。いま見せてもらうことってできますか?」

おそるおそる見上げると、相手は楽しそうに笑っている。

「どうぞ、お入りください」

カウベルの音を聞きながら、こんな偶然があるものだろうかと思う。そう思う一方で、目の前の男——出来すぎたタイミングで現れた不動産屋が、天から差し伸べられた救いのようにも思えた。

赤黒い夜空から降り注いだ奇跡。そんなことを思うほどに、あやは疲れ切っていた。

不動産屋といえば、暖簾《のれん》のごとくぶら下げられた物件情報の紙が繁盛の証《あかし》だろうに、午前二時不動産の洒落《しゃれ》た室内には、入居者を募ろうという気概を感じさせるものが、何ひとつ無かった。

黒い壁と、木目を活《い》かしたシンプルな家具で揃《そろ》えられた室内で、入口からよく見える梁《はり》の下に宅建業者の標識が掲げてあることだけが、ここが不動産会社だという根拠である。

洒落たグラスに注がれたミントレモン水を、一気に飲む。暑さで干からびかけていた体に、十分な水分が回っていくのを感じた。

テーブルを挟んで向かいに座った不動産屋――柏原泉《かしわばらいずみ》と名乗った人物は、ご機嫌な様子で、あやが蘇《よみがえ》るのを見ている。

「ふらりと来てくださるお客様は珍しいので、うれしいです。いらっしゃいませ」

「どうも……いや、まさかこんな時間に不動産屋さんにたどり着くとは思ってませんでした。毎日この時間なんですか？」

「ええ。とはいえ、事務仕事を片付けるがてら開けているだけですので、お客様は滅多にいらっしゃらないです」

曰《いわ》く、この店は柏原ひとりで商っており、二時から四時の間しか開けていないのだという。基本的には、ネットで問い合わせを受けた客と現地で落ち合って案内するため、日中に店を開けている必要がないらしい。

インターネットの時代だなと思う。そういえば、調べ回っていた不動産サイトに、ネットのみで完結するＩＴ重説なる契約方法があると書いてあった。

二杯目のミントレモン水を流し込む。柏原は大切な宝物でも撫《な》でるかのように、タブレットの表面に指を滑らせながら語り始めた。

「当店は、都内の格安物件を中心に取り扱っております。まあ、いわゆるワケあり物件ですね」

「ワケありって……やっぱり、人が死んだとかそういうやつですか？」

「はい。おっしゃるとおり、多くの場合は入居者様が亡くなられた物件です。どのような経緯だったのかは、はっきり分かっているものもあれば、どうしても教えてくださらない家主様もいらっしゃいますし……色々ですね。谷口様は、幽霊や心霊の類は信じていますか？」

「いや、そんな信じているわけではないですけど……」

語尾があいまいになったのは、想像してしまったからだ。信じていないとはいえ、死人が出た部屋に住むとなると、どうしても気味の悪さはある。

「ご条件をお聞かせいただければ、すぐにお出しできますが」

画面を見ると、日中に百枚以上は見せられた募集図面が映し出されている。

全ての店に断られた。皆一様に苦笑いを浮かべながら、それはうちでは難しいですね……と。

しかし、このような——あけすけに言えば変な店にならば、普通では取り扱っていない物件もあるかもしれない。

あやは恥を捨て、希望の条件を言ってみることにした。

「六本木《ろっぽんぎ》、東京ミッドタウンの横の檜町《ひのきちょう》公園まで、徒歩も含めて二十分以内。家賃四万円台、ペット可。……ありますか？」

　おそるおそる顔を上げると、柏原は真顔だった。そして、あやを直視したまま口を開かない。やはり呆《あき》れられたかと思ったが、柏原はあやの問いには答えないまま、タブレットを端に寄せた。

「お見せしたい物件があります」

　そう言ってテーブルの下から、艶のある革のバインダーを取り出した。

「こちらは私が独自に集めた物件リストで、一般には公開していないものです」

どうぞ、と言って柏原がテーブルに並べ始めたのは、どれも奇妙な募集文面だった。

〈鏡に映らない部屋〉
杉並区《すぎなみ》　ＪＲ中央線阿佐ヶ谷《あさがや》駅　徒歩六分
２ＤＫ　五万六〇〇〇円　告知事項あり

〈人魚の息づかいが聞こえる部屋〉
目黒区《めぐろ》　東急東横線祐天寺《ゆうてんじ》駅　徒歩十三分

　１Ｋ　四万九〇〇〇円　告知事項あり

　コピーの異様さもさることながら、家賃が異常に安い。不動産サイトを見すぎて不本意にも養われてしまった相場感と照らし合わせると、半額近い物件もザラだ。

「谷口様にお見せしたいのは、こちらですね」

〈ハムスターを追いかけた部屋〉
渋谷区《しぶや》　東京メトロ日比谷《ひびや》線広尾《ひろお》駅　徒歩六分
　１Ｋ　四万七〇〇〇円　告知事項あり

「うっそ……」

広尾といえば、都内屈指のセレブタウンだ。しかもあやの勤務先は恵比寿である。恵比寿、広尾、六本木。

広尾は職場と檜町公園のどちらも一駅という理想の立地であると同時に、数々の不動産屋で断られ続けた街でもあった。

「このお部屋も事故物件ですが、私としては本当におすすめです。このエリアは、お風呂無しの四畳半でも五万円以上になってしまいますが、こちらは四万円台でユニットバス付き、内装もリフォームされています。かなりお得かと」

事故物件——テレビかネットの中の話だと思っていたものが眼前に突きつけられ、思わず怯《ひる》む。しかし、自分がもう贅沢《ぜいたく》を言っていい身ではないことも重々承知だ。

「分かりました。とりあえずここ、見せてください。週末しか動けないんで、一旦寝て朝イチとかいけますか?」

「もちろんです。……ただひとつ、ご承知おきいただきたいことがございます。これは物件のことではなく、ご紹介に関することなのですが」

真面目なトーンで言われて、思わず姿勢を正す。身構えるあやに、柏原は淡々と話し始めた。

「こちらはどれも、私がご紹介したいと思えた方にしかお見せしない物件です。そして私のポリシーは、とにかく後悔のない物件に決めていただくこと。お客様に完全にご納得いただけなければ、ご紹介できません。ですので、この中からお選びいただく場合、ご入居にひとつだけ条件を設けさせていただいております」

「条件?」

聞き返すと、柏原はふっと表情をゆるめ、ささやくように言った。

「私と一緒に、物件の謎を解いていただく。……これが、ご紹介の条件です」

全く予想だにしないことを言われ、思わず声を失う。

「谷口様？」

「……あ、すみません。びっくりしちゃって」

ふふ、と声を漏らした柏原の表情は、最初に店の前で会ったときの、穏やかな笑顔だった。

「すみません。驚かれましたよね。ですが、もしそれが無理なようでしたら、申し訳ないのですがお断りさせていただくことになります」

はあ、と言いながら、頭の中で考える。

この条件とやらが、不動産屋にとって何の得になるのかが、全く分からない。

謎解き云々《うんぬん》の態度次第で客を選別しようとしているのかとも考えたが、それは違う気がする。契約さえさせてしまえばお金が手に入る仲介業者にとって、客の人間性など大した問題ではないはずだ。

どう考えても手間になる。一刻も早く部屋を借りなければならない身で、悠長に謎解きとやらをしていていいはずもない。

そう思う一方で、数打ちゃ当たる戦法で全く見つからなかったのなら、とりあえずこの話には乗ったことにして、部屋を見たあとに適当に理屈をつけて納得したことにすればいいか、とも思えた。

「あー……はい。分かりました。解きます、謎」

あやが紙を手に取ると、柏原は花が咲いたような微笑みを浮かべた。

「ありがとうございます。それでは一旦ご帰宅ということで……どうしましょう。車がありますので、もしよろしければ、ご自宅までお送りしますが」

「いや、うち、横須賀《よこすか》の最果ての久里浜《くりはま》なんで。めっちゃめちゃ遠いんです。出直すのも面倒なので、適当にファミレスとか行きます」

「うーん。それは睡眠環境としてよろしくないですね。体調万全でご内見いただきたいので、宿を取りましょう」

そう言って柏原は手際よく三軒茶屋のビジネスホテルを予約し、決済まで済ませてしまった。

「夜道は危ないですし、お送りしましょうか？」

「いえ、近いですし、もう眠すぎてダッシュで寝たいんで大丈夫です。走って行きます。わざわざありがとうございました」

柏原は笑いながら立ち上がり、ドアを開けた。

「ではまたのちほど。よろしくお願いします」

深々と頭を下げる柏原に礼を言い、一歩踏み出す。ふと振り返ると、柏原は目を細めてささやいた。

「おやすみなさい、よい夢見を」

2

翌日、日曜の朝。ホテルのエントランスで柏原の到着を待っていると、あやの想像していた社用車とはまるで違う、しかし柏原のイメージにはぴったりすぎる車が、こちらに向かってくるのが見えた。

「ベンツ……品川《しながわ》ナンバー……」

つやつやと輝く黒い車体が寸分の狂いなく目の前に止まると、出てきた柏原が助手席のドアを開けた。

「おはようございます。本日はよろしくお願いいたします。どうぞ」

「朝からすみません。四時まで仕事してたんですよね？」

「いえいえ。いつものことですし、一日で合計三時間寝れば元気なので」

シートに体を預けると、心地よさに体の力が抜けた。リラックスするとぺちゃんこになるハリネズミは皆、こんな気持ちだったのか。

「谷口様は……」

「あ。様づけじゃなくていいですよ。むずがゆいんで。しゃべり方も、もうちょっとフランクで大丈夫です」

「分かりました。では……あやさん、と呼ぶのは、さすがに慣れ慣れしすぎますか？」

「えっ？」

あやが面食らっていると、柏原はクスクスと笑い出した。

「……失礼。いえ、こんなことを言い出すのには、ちゃんと理由があるんです」

ぽかんとするあやをよそに、柏原は進行方向を見据えたまま、語り始めた。

「僕は本当に、物件の謎を解きたいんですよ。だから、お客様とは少しでも親しくなれたほうがいい。協力していただきたいんです。僕のことはなんとでもお呼びください。谷口様は……おっと」

「あやで大丈夫です。わたしも下の名前で呼んだほうがいいですか？」

「あはは。わがまま言ってすみません。ありがとうございます」

ミラーを確認した流れで、一瞬目が合う。

これは、納得したふりだけでは解決とはならないかもしれない——泉の真剣な目を見て、そう思った。

「ところであやさんは、どうして駅ではなく公園の徒歩圏内を指定したんですか？」

「えっ？　あ、いや！　実は、先月までは赤坂《あかさか》に住んでたんですよ。檜町公園、すぐで。気に入ってたし職場も近いし、同じエリアがいいなー……と！」

早口でごまかそうとしたが、無理だった。泉はしばらく黙ったあと、つぶやくように言った。

「都心に住んでいた方が、郊外へお引っ越し。そして日を空けずに、前の家から近距離すぎるお引っ越しを希望される。一時的にご実家に身を寄せていると考えるのが自然ですね。そして、格安物件をご所望ということは、以前の家より予算が落ちた可能性が高い。お仕事を辞められたか、家賃を折半して住んでいた方との関係を解消したかの二択ですが、お勤めはなさっている」

「……はあ。そこまで分かるなら、答えも分かってますよね？　わざわざ言わせないでください。これでも一応、失恋に傷ついてるんです」

打ちのめされるあやを尻目に、泉はのんびりとした口調で続ける。

「まあ、そこは皆まで言わなくてもいいのですが。僕が知りたいのは、なぜ公園なのかです。正直、都心の華やかな住所に憧れて、事故物件でもいいから住みたいという方は多いんです。でも、あやさんの場合はそういうわけでもなさそう。公園にこだわる方は初めて見ました」

「あー。それは、飼ってるハリネズミのためです。もちおっていうんですけど、よく檜町公園で散歩させてて。もちおも多分気に入ってるし、ファンの子供もいるんで、会えなくなるのは寂しいな、と。ただ、無駄に高い家に住んでもちおにかけるお金をケチるのは絶対嫌なので、家賃はなるべく抑えめで、っていう……」

「なるほど。お引っ越しの理由も、物件の条件も、全てもちおちゃん基準なんですね？」

「そうです。いまは、もちおと遊ぶくらいしか楽しいこと無いんで」

悲愴《ひそう》感が拭えない……と思ったが、泉の表情は存外真面目だった。

「あやさん。この物件、おそらくあなたにぴったりですよ」

「どういうことですか？」

「それは、謎が解けないと僕にも分かりません。まあ、詳しいことはお部屋で」

聞き上手の話し上手な泉のおかげで、十五分のドライブの間に、なんとなくお互いのことが知れた。

泉は三十二歳。新卒で大手不動産会社に勤めたのち、ひとりで開業したのだという。駅近のコインパーキングに車を停《と》め、泉の先導で洒落た街並みを歩きながら、あやは首をひねった。

やはり、広尾なんて生粋の富裕層が住む街だと思う。駅徒歩六分の好立地に四万円台のアパートなどあるのだろうか。

……と思っていたのだが、しばらく歩いていくうちに、古い建物が目立つようになってきた。

「あれ、なんか想像と違う、結構庶民的な……？」

あやがきょろきょろしていると、泉が宙空を指差した。その先には、昭和の趣が漂う巨大なマンションがそびえ立っている。ざっと見て十五階くらいはありそうな——マンションというより、壁と呼んだほうが近い気がした。

「都営広尾五丁目アパート。公営住宅なので、所得が定められた基準内の方がお住まいです。広尾は高級住宅地ですが、駅近の一等地に団地並の大きな都営住宅があるおかげで、このあたりにはまだ古い物件が残ってくれています」

「なるほど。広尾住みイコール必ず大金持ち、ってわけでもないんですね」

「商店街には昔ながらの銭湯もあったりして。意外でしょう?」

観光よろしく案内されながら何度か角を曲がると、徐々に道が細くなってきた。

八月の酷暑、曇り空もあいまって、じんわりとかく汗が路地裏の湿気た雰囲気を強く感じさせる。

人の死んだ場所へ連れて行かれているのだと実感して、急に不安になった。

五つ目の角を曲がったところで、泉がぴたりと足を止める。

「こちらです。ハイツ大森《おおもり》、二〇三号室」

顔を上げると、ぼんやりと想像していたとおりの古いアパートが建っていた。木造の壁の色褪《いろあ》せもさることながら、ベランダや外階段の錆《さび》が、築年数の古さを物語っている。

全六部屋、そのワケありは二階の角部屋だという。

「僕は家主様に鍵を借りてきますので、先にお部屋の前で待っていてください」

そう言い残して泉がまっすぐ向かって行ったのは、同じ敷地内にある戸建てだった。

あちらも年季が入っていそうだ。

カンカンと甲高い音が鳴る階段を上がりきり、一番手前のドアの前で唾を飲む。これを開けたらいよいよ、事故物件とのご対面だ。

泉が来るまでの間に覚悟を決めようと思っていたのに、仕事の早い不動産屋は、何を覚悟するかも決まらないうちに上がってきてしまう。

「お待たせしました。どうぞ」

おっかなびっくり入ってみると、室内はよくある六畳1Kだった。

玄関からまっすぐのびた狭い廊下の左側がキッチンで、その奥に冷蔵庫置き場がある。右手はユニットバスだ。

正面のドアを開けた先は縦長の洋室で、奥の窓の向こうにベランダがあり、右側の壁にも窓がある。収納は押し入れひとつだが、ひとり暮らしなら十分だろう。

「すごい、綺麗《きれい》ですね」

傷ひとつないフローリングを靴下で擦《こす》っていると、泉はあやのつま先のあたりを指差した。

「前の住人の方はそこで自殺されたのですが、ご遺体の一部が溶けてしまったようで」

「……え、溶ける?」

「はい。ご遺体は放っておくと腐ってきて、体液などが流れ出します。ひどいと、床下まで滲《し》みてしまうこともありますね」

ギョッとして一歩引く。人が死んだところを文字どおり足蹴にしてしまった。

「幸い、壁のクロスとフローリングを張り替えるだけで済んだとおっしゃっていましたから、床をめくったらボロボロだということはありませんのでご安心ください」

そんなことを笑顔で言われても、客としては全く安心材料にならない。事故物件を見慣れた不動産屋の感覚基準で話さないでほしい。

あやは動揺を悟られまいと、部屋を見回しながら言った。

「それにしても、暗いですね？　窓がふたつあるのに」

「まあ、この景観ですので」

ベランダ側にも右側の窓のほうにも大きなビルが建っている。

日照は完全に遮られているが、あやにとって、日当たりの悪さは特に問題にならない。日中は仕事で不在だし、夜行性のもちおとしても、薄暗いくらいがちょうどいい。

「この部屋のことをお話ししましょうか。お荷物、どうぞこちらに」

そう言いながら、泉は上品なスカーフを押し入れに敷き、無駄な動きひとつなくあやのバッグを受け取って――こんなホテルマンのようなサービスを、まさか不動産の内見で受けるとは思わなかった。

「あやさんにぴったりだと言ったのは、この部屋で自殺された方が飼っていたのが、ハムスターだったからです。同じ小動物ですし、シンパシーを感じることもあるかなと。その方は独身の五十代の女性で、まるで我が子のように可愛《かわい》がっていたと、家主様からうかがいました」

「なんで自殺したかは分かってるんですか？」

「ざっくりとですが、生前の暮らしぶりも、亡くなった経緯も、家主様が教えてくださいました」

泉は部屋をぐるりと見渡したあと、静かに語り始めた。

「亡くなったのは二年前の八月十二日です。七月の末に急にハムスターが死んでしまって、その約二週間後に、この部屋で練炭自殺をしたそうです。不運なことに、ちょうどお盆だったもので、家主様は息子さんご家族と旅行に行っていて、隣も下も帰省中。猛暑のなか四日ほど放置されてしまいました。こちらが特殊清掃前の写真です」

「え、いや。それ見なきゃダメなんですか？」

「僕のご紹介の条件は、不明点をなくしてご納得いただくことなので」

「……はい、見ます」

泉は鞄《かばん》を探り、一枚の写真をひらりと渡してきた。

廊下から見た画角で、家具類は運び出されており、いま見ている光景と同じだ。ただし、床にオレンジと黄色と茶色が混ざったシミが広がっている。

「遺書もあって、〈ハム、ごめんね〉と書かれていたそうです」

「じゃあ、ペットが死んじゃったことに責任を感じて自殺したってことですか？」

「分かりません。これが、あやさんに解いていただきたい謎です」

泉はふうっと息を吐き、腕組みした。

「小動物が死んだくらいで、自殺しますか？」

「えっ⁉」

小動物を飼っている客に対して何を言うのかと一瞬驚いたが、単刀直入に聞かれると、答えに困ってしまった。

「きっと、すごい悲しいと思います、けど……」

言葉を濁すあやに、泉は神妙な顔でうなずく。

「ペットを飼うときは誰しも、いつか来る別れの覚悟も込みでお迎えします。自分より先に寿命が尽きることは分かりきっているのですから、看取《みと》ることを前提に飼う。あやさんもそうだったでしょう？」

「……そうですね」

「それに、なぜここで練炭を焚《た》いたのかというのも疑問です。練炭自殺って、密室でするものじゃないですか。この家で練炭自殺をするなら、普通はユニットバスを選ぶでしょう。でもその方は、この部屋で、全ての窓や扉に粘着テープでわざわざ目張りして……あえてここで。変なんです。死ぬ動機も、死に方も」

言い切った泉は、ゆるくこちらに視線を投げかけた。

「どう思います？　不思議じゃないですか？」

「不思議ですよ。で、わたしがこれを不思議がっている限り、この部屋を貸してもらうことはできないってことですよね？」

「おっしゃるとおりです」

謎が何なのかは分かった。しかし本人は亡くなっているのだし、なぜこの部屋で死ぬことにしたかをはっきりさせる方法なんて、あるのだろうか。

「具体的に、何が分かれば謎が解けた判定になるんですか？」

首をかしげるあやに投げかけられたのは、意外な言葉だった。

「ハムスターの突然死の原因です」

「えっ、そっち？」

「遺書の文面からして、ハムスターの死に責任を感じたのが動機だということは分かります。では、自殺するほどの責任を感じるような、ハムスターの死に方とは？　これが分かれば、亡くなった方の気持ちも、あえて死に場所をここに選んだ理由も、分かるはずです」

泉は押し入れからあやのバッグを取り出し、丁寧な仕草で渡してきた。

「家主様に会いにいきましょう。どんな方だったのか自由に聞いてみてください」

泉は扉を開け、あやを外へ促した。

3

使い込まれたちゃぶ台を囲むと、ここが大都会の真ん中であることを忘れそうになる。三人分の湯呑《ゆの》みを配るこのおばあちゃんが、家主の大森八重《やえ》だ。

「ごめんなさいね、おせんべいしかなくて」

「いいえ、おせんべい好きです。いただきます」

鍵を返す道すがら聞いた話によると、大森はせっせと住人の世話を焼くタイプで、アパートの経営は、都内の別のところに住む息子夫婦が行っているという。

「清水加奈子《しみずかなこ》さんっていってね、五十代の人で。素朴な、優しい女性でしたよ」

目尻にしわを寄せて懐かしむその表情から、優しい大家として住人たちに慕われてきたであろうことが分かる。

「近くの老人ホームに勤めていて、たまに大荷物で仕事へ行くことがあって。どうしたのと聞くと、『きょうはみんなで工作をするんです』なんて……なんにでも一生懸命だったわね」

「大森さんは、ハムスターのことは知ってたんですか？」

「はい、知ってましたよ。ハムちゃんっていってね。種類はなんていうのかしら、分からないけど、灰色でちっちゃな」

「何歳くらいでした？」

「ええと……多分七ヶ月くらいじゃないかしら。清水さんが入居してきたのが春で、そのときに『三ヶ月です』と言っていたんですよ。清水さんが亡くなったのは、入居して四ヶ月を過ぎたところでしたから」

生後七ヶ月なら、老衰はありえない。

「どうして自殺なんてしたのかしら。息子は、アパートの資産価値がどうとかリフォーム代がどうとかに怒ってばかりで、話を聞いてくれなくて……。でもわたしは、清水さんがいなくなってしまったことのほうがショックだったのよ。だから、こうして聞いてくれると、胸のつかえが取れていく感じがするの。ありがとうね」

ただの大家と入居者という間柄でも、悲しい出来事として、二年もの間忘れられないでいる。人の死が周りに与える影響は、必ずしも血縁や友人関係に限られるわけではないのだ。

「清水さんにご家族は？」

「多分、居なかったと思いますよ。保証人を頼める親族がいないから、契約に保証会社を使ったと息子が言ってましたから。清水さんにとっては、ハムちゃんだけが家族だったと思うわ。急に死んでしまって、悲しかったでしょうね」

　胸がつきりと痛む。頼れる家族も居ない状態で、突然愛するペットが死んでしまったのなら、その悲しみはよほどのことだったろう。

　あの狭い部屋でぽつんと、もちおがいない空のケージだけが残っているところを……想像しかけて、やめた。

「ハムちゃんがどうして死んじゃったのかは聞いていますか？」

「それは聞いていませんね。というか、聞けなかったわ。いつも、朝は必ずあいさつしてくれるのだけど、ハムちゃんが死んでしまったあとはみるみるやつれていって……笑顔も痛々しかったですよ。それで、二週間も経《た》たないうちに、清水さんも。あのときもっと話を聞いてあげればよかったと、後悔しきりです」

「大森さんが責任を感じることはないと思います」

あやが否定してみても、大森は寂しげな表情を変えない。

「遺書の文面がね、〈ハム、ごめんね。ハムと同じ気持ちで、ハムのところへ行くよ〉って。清水さんは、本当に優しかったですから。やっぱりハムちゃんを追いかけて天国へ行こうと思ったのかしらと思って……とにかく、残念」

そう言って大森は肩を落とした。


「なんでしょうね。ハムと同じ気持ちで、って」

泉は目を細め、あごに手を当てる。大森がご近所に呼ばれて席を外したすきに、ふたりは話し合いを始めた。

「うーん……まだ生きていたかったのに急に死んじゃった悲しみ、とか……」

「後追い自殺って、先に死んだ人と同じ気持ちになれるものなんでしょうか」

「いや、それは分かんないですけど」

泉は親切だが、考え方は随分と理詰めだなと思う。

あやは大森の話を聞き、きっと清水にとってハムの死は耐えられないことだったのだろうと感じた。そして自分を重ねて、可哀想《かわいそう》な気持ちになった。

しかし泉は首をひねる。

「僕は、ペットが死んだから自分も死ぬという思考が理解できません。一般的には、命は誰にとっても大切にしなければならないものだとされていますし、もしそれが本当なら、命の大切さは、その方が孤独だったかどうかとは無関係です。命を粗末にするなという原理原則があるなかで、それを無視するに至る思考は、一体どこから来るのでしょうか」

真面目な顔で言われて、思わず目をそらしてしまった。

泉の主張は直球の正論だ。ただしそれは、客観的に見たときの話だとも思う。その命は自分だけのもので、どう生きるのかは、個々人の気持ち次第だ。

命は大切なものだから死んではいけないと、全員を同じ型に押し込むことはできない。だって、人はひとりひとり違う。生死の重みが逆転する瞬間だって、あるかもしれない。

「えっと……」

あやがうまく答えられないでいると、泉は苦笑いしながら頭を軽く下げた。

「尋問するみたいになってしまって、ごめんなさい」

「いえ。泉さんの言うことは正しいと思います。自分で死ぬのって絶対怖いし、生半可な気持ちですることじゃないと思うので」

命は大切なもの。そんな当たり前の価値観を揺るがしてしまうほどの、ペットの最期とは。

「もちおが死んで、死ぬほど後悔……後悔………あ！　夏！　あります！」

突然大声を上げたあやに、泉は目を見開いて驚いている。初めて柏原泉の人らしい感情を見た。いや、それどころではない。

「わたし、もちおを危うく死なせちゃいそうだったこと、あるんです。脱水症状で」

それはもちおを飼い始めた年の夏のことだった。

ハリネズミの適温は二十五度から二十八度で、それ以上でもそれ以下でも体調を崩してしまう。汗腺がほぼない小動物は、自力で体温調節ができないからだ。

あやは毎朝必ず、エアコンの温度をチェックしてから出勤していたのだが、その日偶然あやより遅い出勤だった元彼が、癖で冷房を切って出てしまった。そしてあやが帰ってきたときには、もちおは脱水症状を起こして動かなくなっていた。

救急の動物病院に向かうタクシーの中であやは、隣でしゅんとする元彼に泣きながら激怒し、彼より早く仕事に出ていなければと、死ぬほど後悔したのだった。

暑さ——これなら遺書の意味も通じる気がする。

「泉さん。もしかしたら、その日エアコンが故障してたのかもしれないです。〈ハムと同じ気持ちで〉っていうのが、暑い部屋で死ぬって意味だったら、目張りしてでもあの部屋で練炭自殺することを選んだ理由になるんじゃないかなと」

「なるほど、それは信憑性《しんぴょう》のある説ですね。聞いてみましょうか」

しばらくして大森が戻ってきた。あやは渾身《こんしん》の質問を繰り出した……のだが。

「あの部屋のエアコンは、一度も故障してないですよ。新しい人が決まったら交換する予定で、いまあるのは当時のものです」

「ハムちゃんが死んじゃった日に、エアコンがついてたかは分かりますか？」

「そうねえ。多分ついていたと思いますよ。清水さんのお部屋は、いつもエアコンの室外機が回っていましたからね。わざわざその日だけ消していくことはないんじゃないかしら」

予想はハズレだった。いまはこれ以上聞けることはないが、このまま家を辞しては後悔しそうだ。

「あの……また清水さんのお話聞きにきてもいいですか？」

「もちろんですよ。二年も前のことだし、年寄りが覚えてることなんてあてにならないかもしれないけれど、それでもよければ、いつでも来てください」

礼を言い大森宅を出る。コインパーキングへ向かいながら、あやは不安を口にした。

「また行ってもいいんですかね……。大森さんはああ言ってくれましたけど、前の人がなんで死んだのかを知りたがってるなんて、感じ悪い客すぎるし」

悩むあやに、泉は子供をなだめるような笑顔でこう言った。

「実は、僕がこのご依頼をいただいたのは息子様からでして。その際に『入居希望の方が来ると、母が自殺した人の思い出話を始めるので、気味が悪いと断られてしまう』とおっしゃっていたくらいなんですよ」

「……ということは？」

「大森さんはきっと、清水さんの話を誰かに聞いてもらいたいんです。だから、何を聞いても、何度通っても、ご迷惑ということはないはずです。納得いくまで考えましょう？　清水さんがどんな気持ちだったのか」

4

まずは清水自身のことを知る必要がある。そう判断したふたりは、清水の元勤務先の老人ホームへ向かうことにした。

泉のことだから、事がスムーズに進むように段取りして行くのだろう……と思っていたが、まさかのアポ無し突撃のつもりらしい。

「門前払いされたりしないですかね？」

「もしされたら、そこにヒントは無いということです。清水さんの死を悼んでいる方がいれば、きっと話を聞いてもらえます」

泉の表情を見て納得する。突然行くことに意味があるのだ。もし職場内でトラブルがあったのなら、口裏合わせをされてしまう可能性もある。

老人ホームはハイツ大森から徒歩十五分ほどのところにあった。

建物も庭も綺麗で、まだ建って数年ではないかと思う。施設名に〈広尾〉と入っているので、他にも同系列のホームがあるのかもしれない。

インターホンを鳴らすと、中年女性らしき声が聞こえた。

『はーい。ご面会ですか？』

「いえ。私、柏原と申しまして、不動産業を営んでいる者です」

『不動産……？』

明らかに訝《いぶか》しがっているが、泉は全くかまわない様子で続ける。

「清水加奈子さんがお住まいだった物件を担当しておりまして、いくつかうかがいたいことがあり、まいりました」

『え、清水さん？　ちょっと待ってくださいね』

バタバタと出てきたふくよかな女性は、泉を見上げた瞬間、「まあ」と言って乙女の顔をした。

「はじめまして。柏原泉と申します」

「どうも、坂本《さかもと》です。ええと、清水さんのことというのは？」

「こちらに勤めていらっしゃったときのご様子を軽くおうかがいしたいもので。もし坂本様のご迷惑にならなければ、お時間をいただけないでしょうか」

この完璧な営業スマイルを向けられて、断れる乙女はいないだろう。

「ええ、ええ。かまいませんよ。立ち話もなんですから、中へどうぞ」

通されたのは小さな面談室だった。ボックス席に向かい合って、坂本の話を聞く。

「加奈子さんはリハビリチームで、二年前の春、ここが新設されたときに、千葉のホームから異動してきてくれたんです。一応わたしがリーダーですけど、部下という感じでもなくて。うちはアットホームな雰囲気ですから、同じグループのメンバーとして働いていました」

「清水さんは自殺されたそうですが、亡くなる前に何か悩んでいたとか、自殺をほのめかすような発言とか、おっしゃっていませんでしたか？」

「いいえ……本当に、突然だったんですよ。優しい人でね、利用者さんたちもスタッフも、みんな加奈子さんのことを慕っていました。あ、飼っていたハムスターちゃんのことは知ってます？」

「はい。ハムスターが死んでしまったことに責任を感じていたような文面の遺書が残っていたと、家主様からうかがっております」

「まあ、そうだったんですか。遺書のことまでは知りませんでした」

坂本は表情をくもらせる。

「加奈子さんは、本当にハムちゃんを可愛がっていましてね。写真を持ってくると利用者さんたちも喜ぶし、ハムちゃんはウチのアイドルだったんですよ。急に死んでしまって、すごく落ち込んでいて。でも、仕事中はそういうところは一切見せないで、気丈に振る舞ってましたよ」

「責任感の強い方だったのですね」

「そうなんです。だから余計に思い詰めちゃったのかしらねえ」

元々、なにかと自分を責めがちな真面目な性格だったのかもしれない。

「その他、ハムスターちゃんのこと以外で、何か悩み事や相談など、聞いていらっしゃいませんか？」

坂本はしばらく首をひねったあと、「そういえば」と言って語り出した。

「こっちに来てすぐのころ、新しい暮らしで困ったことがないか、聞いてみたんですよ。そしたら、隣の人が怒りっぽいのか、物音を立てると壁を叩いてくることがあって、うまく眠れないと言っていました」

隣人――いままで全く出てこなかった単語が突然出てきて、あやは困惑する。

あの壁の薄いアパートなら、騒音トラブルは起こり得ると思う。

しかし、音に敏感な小動物を飼う清水が、大きな音を立てるような暮らし方をしていたとは思えない。

「それは、ずっと悩んでいらしたのですか？」

「いえ、そのあとは何も言っていなかったから、解決したものだと思っていました。大家さんが親切だとよく話していましたし、相談したんじゃないですか？」

泉は何度かうなずいたあと「分かりました」と言って立ち上がった。

「お忙しいところ、お話をお聞かせいただきありがとうございました」

にっこり微笑んで鞄を手に取るので、あやも慌てて倣《なら》う。エントランスホールに向かって歩きながら、あやは小声で呼び掛けた。

「話、もっと聞いた方がよかったんじゃないですか？」

「いえ、十分です。理由はあとで話します」

手を振る坂本に見送られ、老人ホームをあとにする。門を出てすぐに、あやは尋ねた。

「……で、あれしか聞かなかった理由はなんですか？」

「あれ以上は時間の無駄だと思ったからですよ」

あまりにバッサリと言い切るので、驚く。あの懇切丁寧な営業スマイルの裏で、そんなことを思っていたとは。

「あやさん、おかしいと思いませんか？　大森さんは、清水さんと隣の方とのトラブルのことを、僕たちにひと言も話してないんですよ。あんなになんでも答えてくれるのに。変でしょう？」

「確かに……なんでだろ」

信号待ち。立ち止まった泉が、流し目であやを見下ろす。

「考えられる理由はふたつ。ひとつは、大森さんが意図的に隠している。もうひとつは、大森さんが、そのこと自体知らなかった」

「あんな親切なおばあちゃんが、隠し事をしているようには思えませんけど」

「僕もそう思います。なんでも話してしまうと、息子様が困っているくらいの方ですからね。騒音の話だけ黙っているということはないでしょう。知らなかった可能性が高いです」

「うーん……。もしかしたら、清水さんが気を遣ったのかもですね。自分が我慢すればいいとか、優しいおばあちゃんに苦情を言うのは申し訳ないとか」

いくら予想し合ったところで、真相には至らない。ふたりは大森宅に戻って話を聞くことにした。

「あら、どうしました？　何か忘れ物？　暑かったでしょう、お茶でも飲んでいく？」

「いえ、少し質問があるだけですので、ここでかまいません」

じゃあせめてペットボトルを……と言い中へ引っ込もうとする大森を引き止め、泉が質問を始める。

「先ほど、清水さんがお勤めだった老人ホームに行ってきたんです。それで、スタッフの方から、清水さんがお隣との騒音トラブルで困っていたとうかがったのですが。大森さん、ご存じでしたか？」

大森は少し驚いた顔をして答えた。

「そうなんですか？　いえ、清水さんからはひと言も聞いてないですよ」

清水さんからは？

同じところに引っ掛かりを覚えたらしい泉が、すかさず尋ねる。

「二〇二号室の入居者様はどんな方ですか？　個人情報ですので、話せる範囲でかまいません」

すると大森は頰に手を当て、表情をくもらせた。

「後藤《ごとう》さんっていって、確かにちょっと困った人なのよねえ。十年以上住んでるのだけど、ときたま他の入居者さんとトラブルになったり、お家賃の支払いが遅れたりね。でも、その都度息子が言えば直してくれるし、こっちからあいさつすれば、会釈くらいは返してくれるから。悪い人ではないと思うのよ」

十年、ということは、清水の部屋の壁を叩いていた張本人は、まだ隣に住み続けていることになる。

「清水さんが亡くなったときは、後藤さんとは何か揉《も》め事になりましたか？」

「いやあ、わたしは悲しくってそれどころじゃなかったから詳しくは分からないのだけど……ああ、でも、家賃を下げてほしいとか自分の部屋もリフォームしてほしいとか、色々言っていたなんて息子が怒っていたかしら」

先ほど大森が口にしていたことを思い出す。

——息子は、アパートの資産価値がどうとかリフォーム代がどうとかに怒ってばかりで、話を聞いてくれなくて。

大森自身は息子の薄情さを嘆いていたようだが、経営者である息子の立場で考えれば当然だ。事故の処理中に難癖をつけてくる隣人がいたら、怒りたくもなるだろう。

その後も泉の質問は続いていたが、内容は全く入ってこなかった。あやが頭の中で考えていたのは、ただひとつ。

ここに住むのを断りたい——ただそれだけだった。

後ろめたく思いながら礼を言い、車に戻ってきた。

泉には申し訳ないが、ネットカフェのゲーマーの癇癪《かんしゃく》にすら耐えきれずに逃げた自分が、あの部屋に住めるとは思えない。断るしかないだろう。

「あの……本当に言いにくいんですけど……わたしやっぱり、ここに引っ越すのはやめたいです」

泉は何も言うことなく、こちらを見ている。

「事故物件っていうのは、最初よりは気にならなくなってて。でも、泉さんには本っ当に申し訳ないんですけど、壁ドンしてくるクレーマーの隣に住むのは無理です。ごめんなさい」

一気に話してしまうともう、泉の顔を見ることはできなかった。

完全にうつむき目をつむって待っていると、泉はのんきな声で言った。

「それはそうです。僕も嫌ですよ、そんな変人の隣に住むの」

驚いて顔を上げると、泉は小首をかしげている。

「とりあえず車出しますよ」

あやが意図をくみかねている間に、車はゆっくりと大通りへ出る。

「あやさんはもう、僕がどういう人間か分かっているでしょう？　本音と建前が全然違う。僕、この仕事を始めて、こんなふうに素を出したのは初めてです」

「はあ」

「というわけで、あやさんには取り繕っても意味がないので、言ってしまいますね」

泉はまっすぐ前を見据えたまま、語り出した。

「あやさんが抱えているご不安――後藤さんの件は、必ず僕がなんとかします。でも、清水さんとハムちゃんのことは、僕にはさっぱり理解できない。これはきっとあやさんにしか分からないので、謎解きのほうはお願いします」

必ずなんとかする、と言い切った横顔を見て、あやは思った。

トラブルがあると知ってなお、泉の目に映るあの部屋の良さはきっと、消えていない。そして、あやには謎解きに集中してほしいと思っている。

紹介する相手を選ぶほど泉が大切にしている物件を、隣人のせいで放り出してしまうのは、不本意な気がしてきた。

「分かりました。泉さんは最初から言ってくれてましたもんね。僕のポリシーはお客さんに完全に納得して契約してもらうことだって」

「ええ。あやさんが納得いく答えにたどり着くまで、何度でも通います」

「なるべく早く解けるように頑張ります。わたしひとりのために何度も手間を掛けさせちゃうの、申し訳ないですし。こちらが仲介手数料をお支払いする立場なのに」

「……あれ？」

と、突然調子はずれな声を上げた泉は、きょとんとしていた。

前方の信号が黄色に変わり、車が減速する。

「ええと、僕、言いませんでしたっけ？　この仕事、家主様から手数料をお支払いいただく仕組みなので、お客様からは一切お金いただいてないんですよ。午前二時不動産は、仲介手数料ゼロです」

車がぴたりと止まる。一拍の沈黙ののち、あやは小さくかぶりを振った。

「いや……聞いてないですね」

「あらら、ごめんなさい」

なるほど。至れり尽くせりのサービスは、そういうシステムのもとに成り立っていたのか。

天現寺《てんげんじ》から、首都高へ。ＥＴＣをくぐり加速した瞬間、泉が突然、見たこともないくらい大口を開けてあははと笑った。

「うわあ、凡ミスも凡ミスですね。ごめんなさい。これだけ行ったり来たりして、手数料をどれだけ取られるのか、心配だったでしょう？」

「いや、ふんだくられそうとかは思ってないですよ。ただ、ふらっと来た客のビジネス取ったりとか、自腹切って大丈夫なのかなとは思ってました」

「あはは、本当に、失礼しました。それじゃあ余計に断りにくいですよね。無用なご心配をお掛けしてすみません」

ひとしきり笑った泉は、まっすぐ前を見据えたまま、機嫌良さそうに言った。

「僕が目指しているのは、三方良しなので。お客様も、家主様も、僕も、全員が納得してご入居の日を迎えられなければ、ご紹介する意味がないんです。嫌なことや面倒なことは全てこちらに丸投げしてください。僕は、あやさんともちおちゃんが幸せに暮らす未来を見たいです」

首都高から見る空は、少しだけ開けている。橋脚の高さ分、かさ上げされているから、空の始まりが視線の先にあるのだ。

流れる雲を眺めながら思うのは、自分が探しているものは、一四〇〇万分の一のスペースではないのかもしれないということ。

他のどこでもない、自分だけのかけがえのない部屋に住みたいのだということが、おぼろげに分かり始めている。

5

週が明けて、二度目の土曜が来た。

平日の五日間、仕事以外の時間は全て、あの部屋の謎解き——もとい、ハムスターの死因探しに費やした。しかし見つかった情報はどれも、先天性の病気や飼育環境の良《よ》し悪《あ》しばかりで、明確な答えにはたどり着けていない。

「おじゃましまーす……」

誰に言うともなくあいさつをして、ハイツ大森二〇三号室に足を踏み入れる。

泉が電気のブレーカーを上げ、あやがリモコンのスイッチを押すと、エアコンは古めかしいガタガタとした音を立てながら動き出した。

まだぬるいが、風量も問題なく出ている。数分すると、その風も涼しくなった。

「うーん。やっぱりエアコン、壊れてませんね。部屋が暑かったっていうのは、違うのかなあ」

「いえ。僕は、あやさんの予想は間違っていないと思いますよ。ハムちゃんが死んでしまったのは、暑かったから。遺書の〈ハムと同じ気持ち〉という文面から考えられるのは、それしかないと思います」

「エアコンは壊れてなかった。けど、ハムちゃんは暑かった？」

どうしたらそんなことが起こるのか。話し合いながら、狭い室内を見て回る。

「ハムちゃんはグレーだったたって、大森さん言ってたじゃないですか。多分ジャンガリアンハムスターなので、かなりちっちゃかったと思うんです。それで……」

と言って、エアコンの送風口に手を伸ばした、そのときだった。

——ドンッ
あやは息を呑み、その場に固まる。

「え、いまのって……」

おそるおそる顔を上げると、泉は険しい表情で腕組みをしながら、二〇二号室との間を隔てる壁を見つめていた。

「すみませんっ。声大きすぎましたかね」

あやが慌てて謝るも、泉は何も答えないまま、ズボンの後ろポケットを探る。

取り出したのはICレコーダーだった。そして壁のほうを向いたまま、突然楽しそうに話し出した。

「家具はどのように配置される予定ですか？　私としては、こちらに二人掛けのソファを置くのがおすすめですね。ご交際相手の方とくっついてテレビをご覧になれます」

「は、はい？」

「一緒に住んだら、お客様はアマプラを解約していいかもしれません。お相手の方とひとつのアカウントで見れば節約になるというのも、同棲生活のささやかな幸……」

――ドンッ！

先ほどより大きく、明確な悪意を持って叩かれた。

すくみ上がるあやの横にやってきた泉が、小声で耳打ちする。

「十五分ほどお時間をいただきたいので、あやさんは大森さんのお宅で待っていてください」

「え？　いや、何を……？」

「事が済んだら迎えに行きます。外へ出たことを相手に悟られると危ないですから、玄関を出るときと、階段にはお気をつけて」

気遣いの言葉とともに向けられたその笑顔は優しい一方、有無を言わさぬ気迫のようなものを纏《まと》っている。

あやは無言で頭を下げ、そっとアパートを抜け出した。

泉が別件の対応中という理由をこじつけて、大森宅で時間潰しをさせてもらうことにした。そしていまは、大森から広尾の街の思い出話を聞いている。

「昔はこんなふうにビルだらけだったわけじゃなくて、うち以外にも周りにアパートが何軒もあってね。でも、ご近所さんがひとりふたりと土地を売り始めて、ビルが建って。ついにお隣さんが売るって言ったときには、主人が怒っちゃって。街を捨てるのかって……カッとなるとゲンコツが飛ぶのは嫌でしたね」

と言う大森は懐かしそうに笑っており、仲のいい夫婦だったことがうかがえた。

「お隣さんというと、二〇三号室の右側のビルですか？」

「そうそう。あそこが建ったのはいつだったかしらねえ……息子が中学に上がる前だったか、あとだったか」

ふと、先ほどの内見中に、泉が何度か窓の外を確認していたのを思い出した。

確かに右側の窓を塞ぐように建つグレーのビルは、外壁の感じからして古そうだった。一方ベランダ側の白いビルは、比較的新しく、建物間に少し距離があったようにも思う。

「ちなみになんですけど、ベランダ側のビルが建ったのっていつごろですか？」

「ベランダ側はねえ……ああ、そういえば」

大森は何かを思い出したように、顔の前でぽんと手を合わせる。

「あのビルは確か、清水さんが入居した年に建ったんですよ」

思いがけず清水の名が出て、あやは驚く。話を広げれば新しい情報が聞けるだろうか……と考えていたところで、泉が居間に入ってきた。

「すみません、お待たせしました」

そう言って隣に座る泉へ、努めて日常会話を装い、この状況の説明を試みる。

「泉さん。いま広尾の街の話を聞いてたんですけど、すごい面白くて。昔はこんな超都会！　って感じじゃなかったらしいですよ。そんなにビルとかもなくて」

いささか強引な話の振り方だったが、あやが何かを伝えようとしているという意図は伝わったらしい。泉が自然に会話に乗る。

「そうなんですか。街に歴史ありですね。ハイツ大森の周りも、昔はビルに囲まれたりはしていなかったんですか？」

「ええ。元々うちは日当たりは良くて。西日がきついくらいでしたよ」

曰く、右側の窓は三十年ほど前に建ったビルで完全に塞がっていたが、ベランダ側から陽《ひ》が入るため、現在のような暗い部屋ではなかったのだという。

「ベランダ側のビルが建ったのはいつごろですか？」

「ええと……あのビルの建設が始まったのは、清水さんが入居する少し前だったわね。工事の途中で日当たりが悪くなってしまったせいで、二〇三号室の人が出て行っちゃって。仕方がないから息子が少し家賃を下げて募集をして、それで清水さんが入居してくれたんですよ」

相づちを打つ泉の顔は穏やかだが、内心、何か思うところはありそうだ。

「なるほど。周辺の昔の街並みというのはあまり考えたことがなかったので、大変勉強になりました。貴重なお話をお聞かせいただき、ありがとうございます」

礼を言って話をまとめ、鞄に手を伸ばす――おそらくこれは、話を切り上げたいときの合図だ。老人ホームでも同じようにしていた。

あやもお茶に付き合ってくれたことに礼を言い、ふたりは大森宅を出た。

玄関を出てすぐに、あやは大きく頭を下げた。

「すみません、後藤さんのこと任せちゃって。大丈夫でした？　殴られたりとかしてませんか？」

あんなに強く壁を叩いてきたのだから、相手は相当怒っていただろうし、謝罪をするにしたって、事を納めるのには難儀したのではないだろうか。

あやはそう心配したのだが、泉は「ああ」と言って、なんてことのないように答えた。

「後藤さんの件はもう片づきました」

「え……？　片づいた？」

「はい。厳密に言うとまだ完全解決ではないのですが。でも、近日中には綺麗さっぱり片づきますので。あの方のことはもう忘れていただいてかまいません」

さらりと言ってのける泉を見たまま、あやは目をしばたたく。

まさか解決してくるとは思わなかった。十年来のクレーマーを、あの十五分間で？

「忘れていいってことは、後藤さんは出て行くってことですか？」

「はい。言ったじゃないですか。あやさんのご不安は僕がなんとかする、って」

と言うその笑顔には、泉の優しさが詰め込まれていた。

どんな交渉を行ったのかは分からない。ただ、泉が早々に約束を果たしてくれたのだから、あやも期待に応えたいと思った。

「わたし、ハイツ大森の日当たりの変化が、何か関係あるんじゃないかなって思うんです。具体的にはうまく言えないんですけど……元々西日がきついくらいだったっていうのが、暑さと関係あったのかも、って」

「それは僕も、大森さんのお話をうかがっているときに考えていました。ただ時系列を整理すると、工事が始まる、部屋が暗くなる、元の住人が退去する、清水さんが入居する……という順番ですから、清水さんが入居されたときには、部屋は暗かったはずなんです」

「元々日当たりが良くても、実際に陽が入らなかったら、部屋が暑くなることはないですかね……。エアコンも壊れてなかったみたいですし」

手詰まりか、と思いながら振り返ると、太陽光を浴びた真っ白いビルが目に入った。そして、まだできることがあると気づいた。

「泉さんすみません。きょうはもう帰りたいです。調べたいことがあるんです」

神妙な面持ちのあやに、泉は何も尋ねることはなく、ただ微笑む。

「泉さんはビルの屋上を見せてもらえるように、交渉してください。あとできれば、建設会社の人を捜して、連れてきてほしいです」

「承知しました。お付き合いのある業者さんに聞いて回ればツテが見つかると思いますので、ご安心ください。……それで、きょうのお帰りはどちらに？」

「ネカフェです。壁も机も、叩かれたってもう怖くないんで」

泉はクスクスと笑い、その後、渋谷区で一等評判だという店まで車で送ってくれた。

「それではまたあした。あやさんの探しものが見つかることを、願っています」

それぞれが宿題を持ち帰る形で、この日は解散となった。

6

日曜、午前十時過ぎ。

広尾の素敵なカフェでおしゃれなブランチ……というこの雰囲気のなか、ふたりが向かい合って座るテーブルの周りだけが、重苦しい空気を漂わせている。

楽しくおしゃべりをするには、いささか感傷的すぎた。

「……なるほど、ブログ。よく見つけましたね」

「はい。執念が勝つ瞬間って、あるんですよ」

泉と別れてから明け方までの十数時間を、ネット検索に費やした。

ペットを飼っている人間のほとんどがやることといえば、SNSへの投稿だ。清水もSNSアカウントを持っていたのではないかと、あやは考えたのだった。

しかし、X、インスタグラム、YouTube、TikTok……どれだけ探しても、それらしきアカウントは見当たらない。ハムというシンプルな名前が災いし、時間はどんどん過ぎてゆく。

大見得を切った割に、何も見つけられない。情けなく思いながら謝る口上を考え始めたところで、不意に思い至ったのだ。

五十代なら、ブログのほうが使い慣れているのではないか？

そこからは夏休み最終日の怒濤《どとう》の巻き返しよろしく、複数のブログランキングを夜通し漁《あさ》った。

「ブログのランキングって、読者が応援ボタンを押すとポイントが入って、順位が上がる仕組みなんです。ハムスターは数も多いし亡くなって二年も経ってるから、あるとしたら相当下のほうだろうと思って……降順に見ていったのが当たりました」

あやのスマホに映し出されたブログのタイトルは、『ハムハムDiary』。

「名前はカナさん。ハムスターの名前はハム。死んじゃったのが二年前の七月三十一日で、有栖川《ありすがわ》公園の近くのペット霊園でお葬式をしたって書いてあります」

「有栖川公園なら間違いないですね。歩いてすぐだ」

最終更新日は八月六日で、お盆の少し前だ。スクロールして遡り、七月三十一日の日記を読む。

「〈突然ですが、ハムが、虹の橋を渡って行ってしまいました。急すぎて、気持ちがついていきません。取り急ぎ、皆様に報告です〉……というのが、ハムちゃんが亡くなった日の夜の更新ですね。お葬式をしたのは次の日みたいです。お骨は合祀墓《ごうし》に入れてもらったって書いてあります」

「なるほど。……ちょっと考えたいので、続けて読み上げていただいていいですか?」

「はい。〈その日は休みだったので、朝から買い物に出掛けていました。そして夕方に帰ってきたら、ハムは動かなくなっていました。ごめんね、暑かったね。ハム、ごめんね。手の平の上で、目を閉じたまま動かないハムを思い出すと、いまも涙が止まりません〉……って書いてあります」

コメント欄には、ハムスター仲間と思《おぼ》しき人たちからの励ましのメッセージが書き込まれており、ひとりひとりに、丁寧にお礼の返信をしている。

そして、最後の更新は、たった二行だった。

「〈ちっちゃなハム。もう二度と遊べないなんて、寂しいよ〉……これでブログは終わってます」

この六日後、清水加奈子は自ら命を絶った。

「ハムちゃんの死因が暑さなのは、間違いないようですね」

「はい。でも、部屋に陽が入っている写真は一枚もなかったし、部屋が暑くなりそうなものとかも特に写ってなくて。涼しそうな部屋っていう印象しかないんです」

再びスマホの画面に視線を落とす。あまりに悲痛な文面で、フォントのドットひと粒ひと粒が、清水の苦しみのようにも見える。

「自殺の動機については、何か分かったことはありますか？」

「多分ですけど、自分が出掛けてる間に死んじゃったっていうのが、結構大きい気がします。取り返しのつかない後悔……みたいな」

あやのトーンが沈みかけたところで、テーブルの隅に置いていた泉のスマホが震えた。

待ち合わせの相手——泉がアポを取り付けていた建設会社の担当者からのショートメッセージだ。数分遅れるので先に行っていてほしいという。

「とりあえず、行きましょう」

手掛かりを求めて、ふたりはビルを目指す。

ハイツ大森のベランダ側にそびえ立つこの白い建物は、デザイン会社の自社ビルらしい。

建設会社の担当者曰く、日照権については着工前の段階で承諾を得ており、最も直接的な影響が出るハイツ大森には、特に丁寧に説明したとのことだった。

受付を済ませ、六階建ての屋上へ上がる。

日除《ひよ》けのない無防備なコンクリートを夏の太陽がジリジリと焼いていて、照り返しが強い。

泉は迷いなくまっすぐ進み、フェンスから少し身を乗り出して下を確認したのち、あやのほうへ手招きをした。そばへ寄ると、真下に横長の木造家屋が見える。

「物件を上から見られるのは貴重ですね。ちょっと失礼」

と言って泉がスマホで写真を撮り始めた瞬間、背後のドアがバンと開き、日焼けしたスーツ姿の男が駆け寄ってきた。

「遅れまして申し訳ありません！　ＫＫＣ建設施工部主任の池田《いけだ》と申します！」

「わざわざご足労いただきありがとうございます。柏原と申します」

名刺を交わすと、池田は「おおう」と声を漏らした。

「柏原エステート……社長さんですか？　お若いのに立派ですね」

「いえ、店は私ひとりですので。こちらはご案内中の谷口様です」

「よろしくお願いしますっ」

気さくそうな相手だが、ヒントをもらわなければならない最重要人物だ。悪印象を持たれないよう、あやは精一杯頭を下げる。

「私は主に、テナントや事務所ビルの施工管理をしております。工程をお見せすればいいんですよね、ちょっと待ってください」

池田はタブレットを取り出し、作業日誌のエクセルファイルを開いた。泉はしげしげと覗き込みながらつぶやく。

「工事が始まったのは、十一月。清水さんが入居される五ヶ月前ですね」

基礎工事から始まり、階が少しずつ積み上がっていく様子が記録されている。清水が入居した四月は三階が終わるかというところだった。

「四月の時点で、ハイツ大森はどの程度、陽が遮られていたと思われますか？」

「そうですね……このビルは一階ごとの天井が高めに設計されておりまして、三階で約十三メートルですから、アパート全体が陰になっていた可能性が高いです」

ということは、清水がハイツ大森を見に来たときには既に、日照なしのアパートになっていたはずだ。

七月のタブを開くと、建物全体にホロが被《かぶ》った状態の写真が並んでいた。

泉は苦笑いを浮かべる。

「これは……隣の建物と相当近いですね」

「はい。この雑居ビルが随分古くて、実は建ぺい率的にかなりグレーな感じだったものですから、足場を組んだらギリッギリ。ホロを被せたら、ほぼくっついている状態でした」

話についていけないあやに、泉が解説を入れる。

「建ぺい率というのは、簡単に言うと『土地に対して、このくらいは余白を残さないといけないですよ』という決まりです。なのですが、その雑居ビルが決められた大きさ以上に造られてしまっているので、距離が近すぎる……ということです。古い建物が残った土地では、しばしば起きます」

あやが納得したので、泉は質問を再開した。

「七月三十一日はどのような作業でしたか？」

「ええと……外装工事が終わって、ホロを外したとありますね」

写真を拡大すると、ビル同士のわずかな隙間に青空が見えた。ハムが死んだ日の空はこんなに鮮やかだったのかと、泣きたくなる。

八月に入ってからは外観の写真が増えてきて、ホロのないピカピカの白いビルと、陰になったハイツ大森が、広尾の街の対比を表しているようにも見えた。

「八月十二日の作業はどのような内容でしたか？」

「軽い内装作業ですね。お盆前日ですし、簡単に済ませたようです」

写真や報告を見る限り、清水が自殺を実行したことは、工事とは関係がなさそうに思える。

その後も話を聞いたが、決定的な情報は得られなかった。

「池田様、わざわざお時間を割いていただき、誠にありがとうございました。そしてこちらが、本題のお願いでございます」

泉は軽く微笑みながら、Ａ４の紙の束を手渡した。

「施主様で、借り手がつかない物件をお持ちの方がいらしたら、ご連絡をいただきたく。ご紹介者様には謝礼をお渡しするシステムになっておりますので」

「了解です。お困りの方は結構いて、建てっぱなしにせず仲介まで繋げられると、弊社としても大変助かります。連携とってやっていきましょう」

面識無しの施工管理者を呼び出せたからくりは、これだったらしい。本当は本題のお願いでもなんでもないだろうが、これが建前を使い分ける柏原泉の手腕なのだろう。

フェンス越しに街を見下ろすと、夏真っ盛りの快晴のもと、道ゆく人々が楽しそうに歩いていた。

誰もが夏を謳歌《おうか》している。それなのに、清水はひとり、小さなアパートの中でひっそりと死んだ。

同じ街、同じ空の下にいたはずの彼女が、どうして死ななければならなかったのか
――悔しいという感情が、あやの中に芽生えていた。


池田と別れ、コインパーキングに向かって歩き出す。あやの足取りは重い。工事の説明を聞きながらずっと考えていたことがある。

こんな提案をしていいのかとしばし迷ったが、やがて意を決して口を開いた。

「あの、泉さん。わたし、部屋で試してみたいことがあるんです。この辺にペットショップってありますか?」

「確か、明治《めいじ》通り沿いに大型店舗がありますよ。車で十五分くらいです」

「そこに連れて行ってください」

あやの深刻な口調で、泉にも、その意図が伝わったようだ。

「……運転が荒かったらごめんなさい。僕、急いでいると車線変更が多くなるタイプなので」

車に乗り込み、ペットショップにナビをセットする。早速走り出すと、泉は予告どおり、隙間を見つけてはすいすいと車線を変えていった。

「大丈夫ですか？　酔いません？」

「平気です。あ、ケージの種類が分かる写真、見つけました」

あやのスマホに映し出されているのは、清水のブログの画像一覧ページだ。

「プラスチックタイプで、ホイールと寝床も同じ色のプラスチック製っぽいので、多分、量産型のスターターセットかな。右側の窓の下に置いてたみたいです」

あやは、ハムスターのケージに、網かごタイプとプラスチックケースタイプの二種類があることを説明した。

網かごタイプは通気性が良いが、網をよじ登って脱走したり、怪我《けが》をしてしまったりするリスクがある。一方プラスチックケースタイプは、脱走の心配がなく安全だが、やや熱がこもりやすい。

「プラスチックのケージを選ぶ人は、安全性重視なことが多いです。逆に、夏に家が暑くなりやすい人は網かごタイプにして、ケージの下にスノコを敷いて風通しがよくなるようにします」

「ハムちゃんのケージの下にスノコは？」

「ないです。床に直置《じかお》きしてます。けど、この部屋は暗いし、エアコンをつけてたら風通しは十分だと思うので、スノコなしでも問題ないです」

「他の家具類の配置はどうですか？」

「廊下から見て左側に布団が畳んであって、その奥の窓際にハンガーラックがあります。あとは真ん中にミニテーブルと座椅子があって、寝るときはどけてたっぽいです。これで全部です」

「随分と家財が少ないですね。テレビもないとは……騒音を気にしていたのでしょうか」

十五分ほど走り、ナビが目的地到着を告げた。大型チェーン店だ。これなら実物に近しいケージが見つかるかもしれない。

「すみません。ハムスターのケージと床材を探してるんですけど、これと似たやつありますか？　あと、室温計も欲しいです」

店員に写真を見せると、清水のブログに載っていたものと同型の初心者セットが見つかった。もちおのケージに比べるとかなりコンパクトだ。

想像以上に軽いプラスチックケースを持ちながら、清水がこのケージを買ったときはどんな気持ちだったのかということが、自然と頭をよぎる。

きっと新しい家族を迎え入れるうれしさと、小さな命を守る使命感が――あや自身も、もちおを迎えた日には、晴れ晴れとした決意があった。

たった数ヶ月で、清水はそれを失ったのだ。


正午過ぎ、鍵を借りて二〇三号室に入る。相変わらず室内は薄暗かったが、ベランダを見ると、ビルの隙間から太陽が覗いていた。

細い快晴の空が、ホロを外した七月三十一日の写真と重なる。

あやはリモコンを手に取り、ハムスターの適温に合わせて、エアコンを二十一度に設定した。

人間にとっては大して変わらない数度の差でも、小動物にとっては命に関わる。適温を五度上回ったら危険だと、もちおの診察をした獣医が言っていた。

空っぽのケージに床材を敷き、寝床とホイールをセットして、右側の壁際に置く。

完全に同条件を揃え切ったところで、少し怖くなった。

自分がいま、何を確かめようとしているのか。

残酷なことをしているのではないかという罪悪感が芽生える。それに、確かめた先にある事実を受けて、自分が何を思うのかも分からない。

しゃがみ込み神妙な顔でケージを見つめるあやの横に、泉がやってきた。

「お昼、食べませんか?」

道中で買ったコンビニ袋をがさりと上げる、その表情は優しい。微笑まれて、緊張が少し解けた。あやが思い詰めているのも、泉にはお見通しだったのかもしれない。

買ったものを床に広げおにぎりを食べていると、泉のスマホが鳴った。

「ちょっと失礼。……はい、柏原でございます。ご無沙汰しております。……ただいま出先でして、少々お待ちいただけますか?」

泉は電話口を押さえながら、申し訳なさそうに眉を八の字に下げた。

「あやさん、すみません。別件で急ぎの仕事が入ってしまいました。夕方までには必ず戻りますので、ひとりで居ていただいてもいいですか?」

「大丈夫です」

「肝心なところで一緒に居られなくてすみません。何か変わったことがあったら、遠慮なくご連絡ください。運転中でなければお返事します」

心細くないようにと言って、車に積んでいたふわふわのブランケットを置いて行ってくれた。

ひとりきりになった部屋で、あやは改めて、清水のブログを読むことにした。

ここまで揃えて事実を暴こうとするなら、痛みも苦しさも、真正面から受け止めなければならない。それが責任でもあるし、柏原泉の求める『お客様に完全にご納得いただくこと』だと思った。

ブランケットの前をかき合わせながら、スマホの充電をしようと、部屋を見回す。ベランダ側の右端にあったコンセントに充電器を挿し、あやはその隅でひざを抱えながら、ブログを読み始めた。

【2月27日　初めまして！】

初めまして、カナと申します。3日前からハムスターを飼い始めたので、ブログを始めることにしました！

名前はそのまんまですがハムで、2ヶ月の男の子です。ペットを飼うのは初めてですが、仲良くなれたら良いなと思います！

【3月5日　ハウスに入らない（汗）】
最近のハムは、何故《なぜ》か、ホイールと床の間に挟まって寝るのが好きみたいです。何で入らないの～？　と不思議ですが、そこが落ち着くならそれで良いかなと思います！

あやは画面を見ながら、少し笑った。
これは小動物あるあるだ。もちおも、突然変なところで寝るブームがやってくることがある。たいていすぐまた元の寝袋の中に戻るので、本当に、小動物はなにを考えているのかよく分からない。
ホイールの下にむぎゅっと挟まっているハムの写真は、とても可愛い。

【4月1日　引越し！】
職場が異動になったので、引っ越しました。凄《すご》く都会だし近くに高速があるので、ハムのストレスにならないと良いな～と思っていましたが、普通に過ごせていそうなので安心です。荷解《にほど》きが全然終わっていないので、頑張りまーす!!

【5月3日　ハムの写真】

世の中はGWですが、私の仕事はカレンダー関係無しなので、今日も仕事です。

いつもど～り、ハムと遊びます！

私は介護職なのですが、ハムの写真を持っていくと利用者さん達が喜んでくれるので、今度、掲示物を作ろうかなと思います。


連休で世間が浮き立つなか、清水は変わらず熱心に働き、ハムと過ごしていたのだろう。

家族がいない清水にとって、ハムは心の支えであり、生きるモチベーションの全てだったのかもしれないと思う。


【6月23日　お部屋探検】

ハムはケージから出しても全然探検しません（笑）いつも私の周りをチョロチョロするだけで、臆病なのか、私に懐いてくれているのか、どっちでしょうか？

どっちもかな？　甘えん坊で、まだまだ可愛い赤ちゃんのようです。

【7月2日　夏が来る?】
7月に入りましたね。梅雨明けはまだ先ですが、ハムスターは夏の暑さに要注意とネットで読み、気になっています。皆さんは何か暑さ対策はしていますか?うちは幸い涼しい部屋ですが、夏の間はエアコンフル稼動で、体調の変化はよく見たいと思います!

コメント欄には、ケージの通気性を確保する方法について、様々なアドバイスが書かれている。
顔を上げると、予想どおり、ベランダからわずかに太陽光が入ってきていた。幅四〇センチほどの細い筋だ。
時刻は二時十五分。写真に撮り、ひと言『陽が入ってきました』と添えて、泉にメッセージを送る。すぐに返事はきて、まだ時間がかかりそうとのことだった。

【7月9日　誕生日!】
飼い主は本日、無事●才を迎えました!（年齢は内緒です）ハムにお祝いして貰《もら》

いたくて、折り紙で作った冠を頭に乗せてみました。似合ってますか？


写真はハムとのツーショットだった。

清水の顔の部分にはスタンプが貼ってあり、どんな表情なのかは見えないが、確かにこの部屋にふたりが住んでいたのだと実感する。

清水加奈子という人物には、当たり前に、五十数年の人生があった。

【7月16日　意外な好物】
先日、キュッピーちゃんがバナナを食べている写真を見て、ハムにもあげてみました。そしたらなんと！　凄い勢いでガツガツ食べました！　写真を撮る間も無い程で、相当好きだったようです♪

徐々に、亡くなる日付に近づいてくる。

読むのがつらくなってきたが、ここに住むつもりなら、逃げてはいけない。

ベランダ側の床を見ると、たった数分で、細い光の筋が部屋の中に向かって伸びてきていた。

【7月28日　毛の色が変わった？】

何だか最近、毛の色が少し濃くなったような気がします。夏毛に生え変わったのか、それとも、大きくなると毛質が変わるのでしょうか。どちらにせよ、どんどん成長しているのは確かですよね。私は多分、本当はもうお爺《じい》ちゃんになっていても、いつまでも赤ちゃん気分で可愛がっていそうです。

そして、七月三十一日の日記にたどりついた。手短な報告を読み、ため息をつく。

ケージの中の室温計は二十二度で、まだハムスターの適温を保っている。しかし除湿があまり機能していないのか、部屋全体がじんわりと蒸しているし、床の太陽が当たっている部分に手を当てると、思っていた以上に温かかった。

「直射日光、まっしぐらだね」

床とケージを写真におさめ、泉に送る。返事がないので、取り込み中なのだろう。

「ハムちゃん」

誰もいない。ケージの中には、ホイールと寝床用のハウスしか入っていない。

再びスマホに目を落とし、コメントをつけていた人々のブログを見て、時間を潰す。

これは別に証拠集めでもなんでもなく——だってもう、まもなくケージに陽が入って、夜行性で昼寝中のハムに届いてしまうことが目に見えている。

「泉さん、早く帰ってこないかな……」

あやのつぶやきに、誰も返事をすることはない。

そして三時一〇分。ついにケージに太陽光が当たった。室温計の表示がじわじわと上がっていく。さらに伸びた太陽光が、ハムの寝床に直撃した。

予想が当たってしまったことに、あやはひどく動揺する。

『部屋はエアコンが効いていて涼しいのに、ハムは暑かった』——この謎の状況が何なのかを突き詰めると、ハムのケージだけがピンポイントで熱くなっていたと考えるしかなかった。それが、白いビルのホロに関係しているのではないかと思い、この実験をすることにしたのだった。

あやが立てた予想はこうだ。

ハムが死んだ七月三十一日。ハイツ大森の日照の全てを遮っていたビルの外観が完成し、ホロが外され、隣のビルとの間に隙間が生まれた。

元は西日がきつかった部屋に、このわずかな隙間から細い太陽光が差し込む。夕方になり陽が沈むにつれ、ゆっくりゆっくり、室内に向かって光の筋が伸びてゆく。そして、ハムのケージに当たる。

最初の内見日は曇りだったし、きのうは午前中で辞したので分からなかったが、この日照ゼロの部屋でも、午後になれば太陽が入るのではないのかと、細い青空の写真を見てあやは思ったのだった。

清水はどれだけ後悔しただろう？

あと数十センチでもケージの位置がずれていれば、ハムが死ぬことはなかったかもしれない。あるいは、自分が出掛けなければ。

荷物を放り出してハムをケージから出し、動かない小さな体に向かって何度も何度も名前を呼ぶところを想像する。泣きじゃくっただろうか。あるいは、放心しただろうか。

思案に暮れていると、床に放り出していたスマホが鳴った。泉からの電話だ。

『用事が済みましたので、いまから戻ります。様子はどうですか』

「……だめですね。いまケージの中が二十六度で、ハムスターの適温を上回ってます。それに、完全に直射日光で寝床全体に当たっちゃってるんで、中で眠っていたんだとしたら、日没まで何時間もきつい西日を浴び続けて、どうしようもなかったと思います」

低いトーンで、淡々と状況を告げる。泉はしばらく黙ったあと、二十分くらいで戻ります、と言って電話を切った。

あやはケージの上側を外し、室温計を取り出した。人差し指でそっとホイールを回転させると、元気に走るハムの姿が思い浮かんできて、泣きそうになった。

この行為が弔《とむら》いになるのかは分からない。ただ、こうしてこの部屋でふたりが生きていたことを受け止められなければ、ここに住む資格はないと思った。

回す。回す。室内に響くのは、カラカラという軽い音。あやは手を止めない。暗闇のなかでせっせと走るハムスターの速度を想像して、ぐるぐると——

「あっ……！」

あやは手を止め、とっさにケージから指を引き抜いた。

まだ回転を続ける空のホイールを見ながら、気づいてしまった。

なぜ清水が、死ぬほど自分を責めたのか。

予告ぴったり、二十分後に泉は帰ってきた。日陰にうずくまるあやに声を掛ける。

「大丈夫ですか？」

「あんまり」

西日にすっぽり覆われたケージを見て、泉は細くため息をついた。

「予想どおり、ということでしょうか」

「はい」

と、口にしてしまったら、もうダメだった。我慢していた感情があふれ出し、大粒の涙がぼろぼろとこぼれる。

太陽のせいで、ハムが死んだ。

という言葉は、嗚咽《おえつ》となって喉の奥に引っかかり、意味のある単語にならない。

あやはしばらく苦しんだのち、ときおり声を詰まらせながら、少しずつ語り始めた。

「多分清水さんって、すごい気配り細やかな人だったと思うんです。小さい地震があった日に、ハムスター仲間のブログに『大丈夫でしたか』って書いて回ったり」

「あやさん、他の方のブログまで見たんですか？」

「はい。どんな人だったのか知りたくて、どんな友達がいたのかとか。コメントしてる人たちのブログに飛んで、清水さんのコメントもいっぱい読みました。清水さんは孤独な人じゃなかったですよ。老人ホームの人たちも、ブログ仲間もたくさんいましたから。真面目で責任感があって、みんなに気を遣える優しい人だったんだろうなって思いました。……それが、自殺の理由に繋がってるんですけど」

あやは這《は》うように体を起こし、廊下から見て左側、二〇二号室との間を隔てる壁の下に触れた。

「ハムちゃんのケージは多分、元々は、左の壁際に置いてあったんだと思うんです。この部屋、コンセントが右端にしかないから」

泉は部屋の四隅を確認し、小さくうなずいた。

「そうですね。普通に配置するなら、就寝中に充電ができるよう、布団を右側に敷き、ケージを左側に置くのが自然です」

「はい。清水さんはコンセントが近い右側に布団を敷いて、夜中でもハムちゃんの姿がよく見えるように、向かいの壁際に置いていた……けど、隣の人に壁を叩かれるから、ホイールの音が響かないように、布団とケージの位置を入れ替えたんです」

「つまり、この状況を作り出してしまったのがご自身だと、清水さんは思い詰めてしまったということですね」

あやは再び泣きそうになりながら、こくりとうなずく。

「色んな気遣いが、全部裏目に出ちゃったんです。千葉のホームから広尾に異動が決まって、できる限り安いアパートを選んで。日常的に壁をドンドン叩かれる生活に怯えながら、優しい大森さんに心配をかけないように、騒音のことは言わないで。それで、ハムちゃんが夜中にたくさん遊べるように、後藤さん側の壁から離してケージを置いた。この部屋に陽が入るなんて知らなかった。だから、ハムちゃんが危なくないように、プラスチックのケージを選んだ。……ハムちゃんのためを思ってしたことが、ちょっとの偶然が重なって、最悪の形になっちゃった」

プラスチックのホイールは、カラカラと音が鳴る。飼い主にとってその音は、愛しい家族が元気に遊んでいる証だ。

毎晩あやも、もちおがホイールを回す音をBGMに眠る。それは心地よく、かけがえのないものだ。

「……偶然だからしょうがないことくらい、清水さんも分かっていたと思います。けど、結局、自分のせいにするしか、ハムちゃんに謝る方法が見つからなかったんじゃないかなって」

清水加奈子は、ペットの死に絶望したのではない。自分の振る舞いの全てが『ハムの死』という結末を迎えるシナリオになっていた、そのことに絶望した。

責任感の強い清水にとって、こんな形で死なせてしまったことは、ハムへの申し訳なさだけでは済まなかったのだろうと思う。

ハムを可愛がってくれていたブログ仲間や、ハムの写真を楽しみにしていた老人ホームの人々をも裏切ってしまった。外出中に死なせたという、自分の行動が許せなくて、飼い主としての責任を取ろうとした。

ただ命を捨てるのではない、大切なハムに対して、心からのごめんねを伝える行動――それが、同じ場所、同じ状況を作り出して死ぬという自殺の方法に繋がったのではないだろうか。

もちろん、全部予想だ。ブログを読んだくらいで、人の本音も、どう思っていたかなんてことも、分かるわけがない。

ただ、ブログでの交流の様子と、大森や坂本から聞いた思い出話を重ねてみると、確かにここに実在していた清水加奈子という人物が――慎ましやかで心優しいひとりの女性が、何を思って自死という解にたどり着いたのかが分かる気がしたのだ。

「……清水さんは、この選択をして、幸せになれたのかな」

考えてもどうしようもないことをつぶやく。

すると泉は、ふうっとため息をついたあと、ゆっくりと語り出した。

「僕は不動産屋なので、様々な方の死に様を見てきました。こんなふうに、謎をひとつずつひも解いていくスタイルをとっているので、どういう経緯だったのかも、たくさんのケースを知っています。その観察の結果、自殺の動機として、『死んでお詫《わ》びする』とか『死んで恨みをぶつける』とか、良くも悪くも、死ぬことで誰かに何かを伝えようとする方が結構多いと分かりました」

泉はフローリングを見つめながら、淡々と語っていく。

「僕は最初、清水さんの遺書の話を聞いて、そういうことなのかなと思っていました。ハムちゃんへのお詫び。でもその後、あやさんと一緒に大森さんから聞いた遺書の全文を知って、変だなと思ったんです。〈ハムのところへ行く〉……死なせてしまったお詫びをするつもりで死ぬ人が、ハムちゃんと同じ天国へ行けるとは思わないでしょう？　そのときの僕は、やっぱり自殺をする人の気持ちなんて分からないと、簡単に片付けてしまいました。でも」

泉はあやのほうを向き、少し首をかしげながら視線を合わせた。

「あやさんと一緒に謎を解いていくうちに、分かったことがあります。清水さんにとってこの世界は、ハムちゃんがいる世界か、ハムちゃんがいない世界しかなかったんじゃないかなと。ハムちゃんがいない世界にいても意味がなかったから、ハムちゃんがいる世界、つまり死後の世界に行こうと思った。そんな感じかなと。……まさか自分が、こんなポエティックな考えに至る日がくるとは思いませんでしたけど」

少しはにかんだように笑う、その泉の言葉は、あやの心に深く沁《し》みわたった。

「泉さん。清水さんの想《おも》いはちゃんとハムちゃんに伝えられたと思いますか？　何かを伝えようとして自殺して、それが全然意味なかったら、可哀想です」

泉は少し考えたあと、ふんわりとした笑顔でうなずいた。

「意味があったのだと認めてくれる誰かがこの世界にいれば、それはちゃんと意味があったということになると思いますよ。確かにここでふたりが生きていたのだということを、大切にしてくれる誰かがいれば」

あやは、自分の足元とベランダを見比べた。この部屋で共に生き、同じ場所で死んだふたりの行き先が、同じであってほしい。

「この部屋に住んだら、わたしは清水さんの救いになれますか？」

「きっとなれますよ。もちおちゃんも」

この部屋で、毎日せっせと走るもちおと、その音を聞きながら眠りにつく自分を思い浮かべる。

ハムがそれを見て喜んで、その横で優しい笑みを浮かべる清水が、遠くの空から見ているとしたら。

「わたし、もちおと過ごせる毎日を大事に、この部屋に住みますね」

「ぜひ、そうしてあげてください」

そう言って泉は、優しく微笑んだ。

翌日。大森の家で、管理する息子夫婦も交えて、契約の手続きをすることになった。息子夫婦には『内見であんなトラブルがあったのに、即決していいのか』と驚かれたが、隣人の件は片づいたと泉から聞いているので、何も問題はない。ちゃぶ台の上には、三通の書類の束があった。そのうちのひとつ、内容証明郵便の控えの上には、泉のICレコーダーが置いてある。

息子は軽く頭を下げ、あやに説明を始めた。

「まず二〇二号室の後藤さんは、一ヶ月以内の強制退去ということで通知を出して、了承を得ました。谷口さんにはご迷惑をお掛けしてしまいましたが、ご内見中に録《と》れた音声が決め手になって退去まで持っていけたので、感謝しております。柏原さんも、ご尽力いただきありがとうございました。内容証明郵便が相当効いたようです」

聞けば泉は、あやが大森宅に避難していた十五分の間に後藤の部屋を訪れ、録音データを取ったのでオーナーに報告する旨を話していたらしい。

相手は相当酔っており『不動産屋に何ができるんだ』と高を括《くく》った態度だったようだが、泉はあやと別れたあとすぐに息子へメールで連絡し、催告用書類のテンプレートと、後藤を退去させられる法的根拠をリストにまとめて送っていた。

そして息子は泉の指南どおりに手続きと話し合いを行い、後藤の退去が決まったのだという。

「……そうだったんですね。おふたりとも、すぐに対応していただいてありがとうございました」

「とんでもないですよ。二年も借り手がつかないワケあり部屋に興味を持っていただいただけでも、オーナーとしてはありがたかったんですから」

泉が残りの二通の書類――賃貸借契約書と重要事項説明書を手に取る。ページをめくったところで、賃料のページが目に入った。

〈家賃四万七〇〇〇円　敷金・礼金・共益費・更新料なし〉

その価格を見て、あやは複雑な思いを抱いた。

人が死んだ部屋だから、投げ売りのように安くされる。世間的にはそれが当たり前で、オーナーとしてもあの部屋は厄介な存在だったのかもしれないが、あやにとっては、清水とハムが生きた証そのものだ。

この家賃を受け入れることは、そのことを丸ごと無視し、ふたりの思いを踏みにじるのと同義なのではないか……。

あやは息子の目をまっすぐ見て言った。

「すみません。お家賃、元の値段で大丈夫です。他の部屋と同じにしてください」

あやの突拍子もない発言に、夫婦は驚いたように顔を見合わせた。隣に座る泉も目を丸くしている。

「大森さんから、前の住人の方のお話をたくさんうかがいました。それで、この部屋にはたくさんの思い出が詰まっていたことが分かって……この部屋を『事故物件』っていう扱いにしちゃうのが、嫌なんです。それに、大森さんが前の住人の方に対して抱いていた優しいお気持ちも、大事にしたいので」

大森に顔を向けると、笑顔で少し泣いている。

「……あらいやだ。年寄りは涙もろくて、ねえ。ごめんなさいね」

「お義母《かあ》さん、良かったですね」

「では、家賃は他の部屋と同じ七万八〇〇〇円で。更新料は……」

「それもきちんと支払います。できるだけ長く住みたいと思っているので」

「では、二年契約、更新時は家賃の一ヶ月分ということで」

「はい。よろしくお願いします」

ぺこりと頭を下げると、大森はうれしそうに、ゆっくりとうなずいた。

契約書を交わし家を出ると、泉が心配そうに尋ねてきた。

「あやさん、あんな勢いで承諾してしまって、大丈夫ですか？　ご予算より三万円オーバー。年間にしたら三十六万円増です」

「全然いいです。元々、家賃を抑えめにしたかったのは、もちおの飼育費用をケチりたくないっていう漠然とした理由だけだったんで。他の部屋より綺麗にリフォームされてるくらいだし、割引してもらう理由もないですから」

「なるほど。いや……あやさんらしいですね」

苦笑いする泉に、あやはさっぱりとした笑顔を向ける。

「仕事、もっと頑張らないとな。これからは、もちおを養う大黒柱なので」

「……はい。きっといまのあやさんなら大丈夫ですね。最初にお会いしたときより、エネルギーに満ちあふれている感じがします」

確かに、言われてみればそうかもしれない。

恋人と別れて実家に戻って、やる気も生きる目的も見失っていた自分が、いまは明確に、もちおとの毎日を楽しく過ごしたいという希望を持てている。

「重ね重ねになりますが、清水さんとハムちゃんのことにたくさん向き合ってくださって、ありがとうございました。もしまた引っ越したくなったらご連絡ください……と、普段は言うところなのですが」

「はい。引っ越さないですね」

「ですよね」

どちらともなく、小さく笑い出す……と、泉のスマホが鳴った。

電話のようだったが、泉はしばらく画面を見たあと、真顔で赤い拒否ボタンをタップし、ポケットにしまった。

「出なくていいんですか？」

「ええ。いまはあやさんとちゃんとお別れするほうが大事ですから」

「あ、そっか……。お別れ、ですね」

たくさん話して、たくさんお世話になったが、お別れはけっこうあっさりだ。

「もちおちゃんと楽しく暮らしてください。どうぞ、お元気で」

泉は次の物件へ旅立っていった。

黒い車体が路地の向こうに見えなくなるまで、あやは小さく手を振り続けていた。

7

一週間の有給を取り、あやは正式に、ハイツ大森へ引っ越した。

荷解きが終わるころにはすっかり陽が傾いており、細い西日が部屋に差し込んでいる。

ベッドに寝転ぶと、ほんわりと実感が湧いてきた。いままでは『清水さんとハムちゃんの思い出の部屋』だったが、きょうからここは『わたしともちおの部屋』になる。

「もちおー、お散歩行こうか。公園」

呼び掛けると、寝袋の中で丸まっていたもちおがてちてちとやってきた。ケージを開け、背中の針と腹のもふもふの中間あたりを摑むと、もちおの手足はたらんと空中にぶら下がる。

床に置いたキャリーバッグに近づけると、お散歩の時間だと理解したようで、自ら入っていった。中に入れているタオルハンカチを器用に丸めて、その下にもぐる。

あやはバッグの底ポケットに保冷剤を入れて、外へ出た。日中よりはいくらか暑さは和らいでいるようだった。

カンカンと階段を降り、ふとアパートの植え込みを見ると、小さな立て看板が目に入った。こんなものは、前に物件を見にきたときには無かった気がする。
砂埃《すなぼこり》ひとつなく真新しいそれには、こう書いてある。

【FOR RENT 柏原エステート管理部】

「柏原……？ 泉さん？」

その下に書かれたウェブサイトのURLをスマホに入力する……と、午前二時不動産の店舗の印象とは全く違う、極めて一般的なコーポレートサイトが出てきた。

少し下へスクロールし、『企業理念』のページをタップする。

柏原エステートは、さまざまなご事情を抱えた物件を中心に仲介を行っております。

瑕疵《かし》物件のご成約には、お客様にご納得いただくことが大切です。短期間での退去を防ぐためには、時間をかけてじっくりと内見していただく必要があります。

当社は特に【複数のトラブルを抱えた物件】に力を入れており、ご入居にかかわる全てのご不安・ご懸念を解消することがポリシーです。

全く新しい形態の当社では、従来の不動産仲介業者では不可能な柔軟な対応で、ご成約へ結び付けてまいります。

入居後の問題全般に対応するため、アパート・マンションの一棟管理もお受けしております。詳細は管理部にお問い合わせください。


思わず声を漏らしたあやは、とっさに振り返って見上げた。

二〇二号室、クレーマー。

二〇三号室、告知事項あり。

「あー……複数トラブル、だねえ。もちお？」

つまり泉は最初から、空室期間の長いワケあり部屋の仲介を行いながら、問題のある住人が退去するよう説得するという、ふたつのミッションを請け負っていたのだ。

そしていま現に、管理部の立て看板がつやつやと西日に染まっている。

ふと、首都高で大笑いした泉の横顔が思い浮かんだ。客、家主、泉本人の三方良しを目指していると言っていたのは、こういうことだったのだ。

人間、驚きすぎると、笑いがこみあげてくるらしい。ケラケラと笑いながらキャリーバッグを目の高さまで持ち上げ、メッシュ越しにもちおの丸い背中を見る。

「おぉ……？」

「もちおー。やっぱり泉さんはすごい人だったねえ。あはは」

生垣のブロックに座り、もちおに風景を見せながら、泉とともに謎の答えを知るためにあちこち回ったことを思い返す。

そして、胸にじんわりと広がるのは、感謝の念だ。

こんなふうに案内してもらえなかったら、きっと自分は、清水やハムのことを知ることもなく、ただ安い物件に住んで、隣人とのトラブルに悩まされ、優しい大家のおばあちゃんに申し訳なく思いながら、すぐに引っ越していただろうと思う。

ちょっと秘密主義な泉のおかげで、大切な部屋を見つけることができた。もちおはまた檜町公園で遊べて、もちおファンの子供たちはきっと喜ぶ。

「そうだ！　もちお、ブログ始めよう！　名前は清水さんにあやかって『もちもちDiary』で」

もちおをむぎゅっと握り、黄金色に染まった東京の空へかざして、記念すべき一枚目の写真を撮った。

清水のブログのヘッダーと全く同じ、愛すべき虚無顔の角度で。

第二章　名無しの手紙が届く部屋

1

瀬名律斗《せなりつと》にとって、新刊の発売日は、作家の有効期限が切れるまでのカウントダウンが始まる日だ。

新刊を出してから何ヶ月が、作家だと名乗れる期間なのか。何年空いてしまったら免許が失効するのか。出版に至らなかったプロットを書いていた期間、自分は作家だったのか？

究極、人が何者だったのかなんて、死ぬ間際にしか分からないのかもしれない。それでも瀬名は、新作を出し続けることで、前作との間の期間が何だったのかを知りたかった。

作家の免許を更新するためだけに、なけなしの人生経験を大袈裟《おおげさ》に盛って切り取り、文にしている。本当に書きたい題材が見つからないまま、売れ筋の作品に似たものを書こうとしては、失敗し続けている。

過去に味わった気持ちを素材にして書くいまのスタイルでは、いつか力尽きるだろう。だって人生は一度きりしかない。初恋のサンプルは一度しか取れないし、ファーストキスの感想はひとつしかない。

最後に出した本の発売日から、まもなく二年が経《た》とうとしている。

まだ自分の有効期限は切れていないのか――確かめるために、誰にも頼まれていない新作を書き続けている。


汗ばんだTシャツの首元を引っ張り、胴体に風を送りながら、顔を上げた。

まだ残暑を引きずる蒸した夜の、国道二四六号線沿い。首都高越しにキャロットタワーが見えて、自分がいま三軒茶屋《さんげんぢゃや》の手前を歩いているのだと気づいた。

酔い覚ましにしては歩きすぎたと思いつつ、スマホのロック画面を見ると、九月九日、時刻は午前二時を過ぎている。

記憶はおぼろげだが、呑《の》んでいた表参道《おもてさんどう》のバーからここまで、２４６沿いにひたすら歩き続けてきたのだろう。

もしも、酩酊《めいてい》状態の男が自宅と真逆の方向に進むシーンを書くなら、それは安易な現実逃避の比喩だ。散文にもならない行動を一時間以上とり続けていたのかと思うとなんだか笑えてきて、瀬名は反抗するように、ジグザグと路地に入っていった。

何か小ネタにでもなりそうなことが起きてくれれば、この無為な夜の徘徊《はいかい》も、誰かの心に刺さるための行動だったと言える。

そんな作家根性もあり、不意に現れた橙《だいだい》色の灯《あか》りを漏らす店と、そのドア横にぽつんと置かれたブラックボードを見た瞬間、瀬名の気持ちは急速に昂《たか》ぶった。

【午前二時不動産】

「お、おもしろ……」

酔ったダメな思考が立ち消え、本能が、この店に入れと言っているのを感じる。

瀬名は洒落《しゃれ》た真鍮《しんちゅう》のドアノブに手を掛け、勢いよくドアを開く。

「ごめんくださあい」

よく通る声で呼び掛ける瀬名を出迎えたのは、スーツ姿の背の高い男だった。

「外の看板に、不動産って書いてあったんですけど、本物の不動産屋なんですか？　そういうコンセプトのバー？」

「いえ、バーではなく賃貸不動産会社でございますが……酔った方にお水をお出しすることはできますよ？」

と言うその表情は、酔っぱらいへの嫌味ではなく、デパートの迷子センターに来た子供に向けるような控えめな笑顔だった。

子供っぽく見られるのには慣れている。二十八歳にもなって、いまだに酒を買うときは、念のためではない本気の年齢確認をされる。元々童顔なうえに、万年ジャージ姿なのもあいまって、いい年した大人には見えないらしい。

「一応、ゆるやかに家は探してるっていうか……でもまあ、冷やかし半分ですけど。いいですか？」

「もちろんです。どうぞそちらへお掛けください」

店の中央に鎮座する大きなテーブルは、木目を活《い》かした暗いブラウンで、黒い壁とよく合っていた。全体的にシンプルかつ無骨なインテリアで統一されているのもあり、雰囲気作りがうまいと思う。商売感のある物件情報のチラシなどが一切排除されていることからも、よく世界設定の作り込まれた店だと思った——それが不動産屋の店舗として正しいのかは、一旦脇に置いておく。

男はオレンジの輪切りの入ったピッチャーとコップを、瀬名の手元に置いた。

「私、柏原泉《かしわばらいずみ》と申します。お客様のお名前をおうかがいしてもよろしいでしょうか？」

「瀬名律斗です」

首だけでお辞儀をして顔を上げると、柏原がテーブルの向こうに座るのが目に入った。

首の傾きに合わせて長めの前髪を掻《か》き上げる仕草に、思わず瀬名は声を上げて笑う。

「あはは。柏原さんが景色に加わると、ほんとに不動産屋感ゼロになりますね。チラシもない、パソコンもない、書類が詰まった棚もない。あるのはフレーバーウォーターと、顔のいい男だけ。こんなに何もかもを客に見せないなんて……よっぽどやばいワケあり物件ばかり扱ってるんですか？」

柏原は一瞬驚いたように目を見開いたあと、うっすら微笑《ほほえ》んだ。

「ご期待に添えるとよいのですが」

自信ありげな視線を向けられて、ゾクゾクする。まだ作家としての本能は死んでいないと告げられた気がした。

「面白い物件、あったら見せてください」

柏原が取り出した革のバインダーには、午前二時を指す懐中時計が金の箔《はく》押しで刻まれていた。世界観の徹底がストイックすぎるこの男はなんと、この店をひとりで商っているという。

柏原は穏やかな表情で、紙をめくる手を止めないまま言った。

「間違っていたら大変失礼ですが、瀬名様は、作家さんではありませんか？」

「え……？　俺のこと知ってるんですか？」

「はい。著作も拝読しましたし、デビューのときによくメディアに出ていらしたので、覚えておりました」

瀬名は咄嗟《とっさ》に身構える。八年前の、あの華々しいデビュー当時を覚えている人間と話すのは疲れるのだ。

よくあるのは三パターン。芸能人に会ったような感覚で無邪気に握手を求めてくるか、作家の先生だと必要以上におだててくるか、四発で消えた哀れな作家であることを認識しながら、よそよそしい笑顔を向けてくるかのどれかだ。

さあどれだと思いながら次の言葉を待つ。しかし柏原が口にしたのは、予想とは全く異なるものだった。

「とても面白かったです」

それだけだった。変に気を遣われることはないらしいと安堵《あんど》する。

そして、この相手にならば、人には言いにくい現状を話してみてもいいかと思えた。

「実は再来月、十二月の中旬が部屋の更新なんですけど、ちょっと色々あって作家業は開店休業中で、どうするか迷ってるんです。グレードを落とさずに安く住めるところがあれば、引っ越したいかなって思ってます」

「瀬名様は、作家業以外のお仕事もされているのですか？」

「はい。デビューしてからずっと並行してネット記事のライターのバイトもやってて、貯金も二十代独身の平均以上はあると思いますけど……これでもやっぱり、入居審査ってきついですか？　累計売上部数が入った帯とか要ります？」

柏原はしばらくぽかんとしたあと、口元を押さえて軽く噴き出した。

「……勤続八年で貯蓄もあるのでしたら、問題ございません」

「じゃあその笑いはなんですか」

「ちょっと……瀬名様とお話ししていると、あまりにも気持ちよく会話が進むので楽しくて。あと二、三回ラリーをしてから審査のお話をしようと思っていたのに、また先読みされてしまいました」

正面に向き直ってなお笑っているのを見て、瀬名もおかしくなってきた。

「なんかもう、フランクにいきません？　多分俺たち似てますよ。だっていまお互い、すごい面白い奴《やつ》が目の前にいると思ってますよね？」

瀬名の提案が気に入ったのか、柏原は胡散臭《うさんくさ》いほど綺麗《きれい》な微笑みを向けながら、椅子の背へ体を預けた。

「お心遣い、痛み入ります」

肘掛けに頬杖《ほおづえ》をつき脚を組む姿は、さながら異界の皇子のようで、もしファンタジーを書く日が来るなら、このシーンから書きたいと思う。

「瀬名さん、現在のお住まいはどちらに？」

「奥渋谷《おくしぶや》の広めのワンルーム、共益費込みで十三万。鉄筋コン打ちっぱなしでかっこいいのは気に入ってるけど、部屋の形が歪《いびつ》な台形で本棚が置きにくいし、冬はめちゃくちゃ寒い」

なるほど、と言って柏原はバインダーを開き、何枚かめくったうちの一枚を取り出して、瀬名の前に置いた。

〈名無しの手紙が届く部屋〉
江東区《こうとう》　東京メトロ有楽町《ゆうらくちょう》線豊洲《とよす》駅　徒歩十二分
２ＬＤＫ　二十八階　九万五〇〇〇円
定期借家三年　告知事項あり

間取り図面もない、コピー用紙に書かれた一行目を見て、瀬名は首をかしげる。

「何これ。柏原くんが考えたの？」

「ええ。うちで取り扱う部屋には、全てこういう名前をつけています」

「へえ……手紙が何なのかは気になるけど、楽しそうなのはあとで聞くか。告知事項っていうのは？」

「これはワケあり物件であることを示す表記ですね。人が亡くなった部屋は『心理的瑕疵《かし》物件』といって、告知が義務づけられています。こちらのお部屋は自殺です」

「自殺かあ。確かに嫌がられそうだけど……にしても、十万以下なのは安すぎない？ほんとはどれくらいするの？」

「三〇万円ですね」

「え、えっぐ……」

元の家賃もさることながら、割引の仕方が異常だ。

曰《いわ》く、この物件は本来分譲マンションだが、投資目的で購入したオーナーが賃貸で入居者を募り、不動産収入を得ていたのだという。

大金をかけた部屋で死人が出たとは、オーナーの心中を考えると、気の毒なことだ。

「定期借家っていうのは？　三年って書いてあるけど」

「これは、この家に住めるのが三年間限定ということです。築年数の古いアパートで取り壊し予定だとか、あとは自宅用に家を買ったのに海外赴任になってしまって、任期の数年間のみ貸す、といったときに設定されることが多いですね」

「ふーん。じゃあ、超安く住めても、三年後には絶対に出て行かなくちゃいけないんだ。……あ、そういうこと？」

「何がです？」

「ホラー小説で読んだことあるよ。事故物件でも、新しい人が住んで三年経ったらチャラになって普通の物件扱いになるから、不動産屋には言われなかったがここはかつて陰惨な殺人事件があり……みたいな」

　自殺者が出た。事故物件になり、告知義務が発生した。三年間はその呪いがつきまとうが、それ以降であれば元の値段で貸せる。

「要するにそのお気の毒なオーナーは、事故物件扱いの期間を二束三文で貸して、告知義務が消えるのと同時に貧乏人の居住者も追い出せるように、定期借家ってやつを設定した。どう？」

　瀬名の推理を聞き終えると、柏原は「お見事」と言って、バインダーからもう一枚取り出し、テーブルの上に裏返しに伏せた。

「ご明察のとおり、オーナー様からいただいたのは『口の堅い客を見繕って、告知義務期間をやり過ごしてほしい』というご依頼です。その後売却する予定だそうで。

……まあ、その考え方、僕は嫌いなんですけどね。法の穴をついて抜けてやろうっていう態度が好きじゃないです」

「じゃあなんで引き受けたのさ」

「それは、物件に魅力があったからですよ」

物件の魅力――普通の不動産屋なら、客ウケや設備の良さを指すのだろうが、この男がそんな普通のことを考えているとは思えない。

「すみません。実は、物件の詳細をお話しする前に、当店のシステムとして先にお伝えしなければならないことがあるんです。瀬名さんのお話が面白いのでつい引き延ばしてしまいましたが、他の不動産会社には無いルールなので、ご理解いただいたうえで話を進めたいです」

「へえ。そんな切り出し方されたら期待しちゃうなあ」

頬杖をつき、ニヤニヤしながら続きを促す……と、柏原が口にしたのは、瀬名の期待をさらに上回るものだった。

「僕と一緒に、物件の謎を解いてください。解けたらご紹介します」

「なにその最高のシステム」

「謎が解けなかったら契約できませんが？」

「それはそうでしょ。解けても解けなくても結末が変わらない謎なんて、マジで意味ないからね。解けたら住める、解けなかったら住めない。分かりやすくていい」

「お気に召したのなら何よりです。では、話を進めましょう」

柏原が伏せていた紙を表に返すと、それは、間取り図の入った詳細な物件情報だった。

〈名無しの手紙が届く部屋〉
ベイフロントタワー豊洲　二八〇八号室
江東区　東京メトロ有楽町線豊洲駅　徒歩十二分
地上四十階建て　築十一年　トライスター型タワーマンション
2LDK　一二〇平米　南向き
賃料：八万円　共益費：一万五〇〇〇円
（共用設備会員費三万円／任意加入）
定期借家：三年（分譲賃貸）　告知事項：心理的瑕疵（服薬自殺）

間取り図を見る。二十八帖《じょう》の広いリビングに加えて、十帖と七帖半の部屋がふたつ。玄関の横にも四帖ほどのシューズインクローゼットがあった。

「全室南向き、バルコニー無しのガラス張りなので、東京湾が一望できます」

「へえ、オーシャンビューを拝みながら暮らせるのか。随分と大仰なマンション名だなと思ったけど、それなら納得」

「お住まいだったのは三人家族で、高校生の娘さんが服薬自殺されたそうです」

「高校生かあ……それは可哀想《かわいそう》だな」

亡くなった本人はもちろん、ひとり娘を喪《うしな》う両親の気持ちを思うと、全員がそれぞれに異なる苦悩を味わっていそうだと思った。

「未成年の方が亡くなったお部屋は、心霊云々《うんぬん》よりも、出来事として重いという理由で避けられることも多いです。……とはいえ、この景観のハイグレードマンションですから、丁寧にご案内すれば、このような極端に安い家賃設定にしなくても、ご理解いただける入居者様は見つかります」

「……ってことは、その『名無しの手紙』ってやつが、オーシャーンビューをかき消すほどやばいんだ」

柏原は神妙な顔でうなずく。

「空室になって半年間、定期的に差出人不明の手紙が投函《とうかん》され続けているようです。オーナー様からの条件は、『差出人を突き止めて、送るのをやめさせられたらご契約』……どうでしょう、解けそうですか?」

問われて瀬名は、小さく片手を挙げる。

「質問。俺が好きなミステリは、探偵と助手とのコンビじゃなくて、ダブル探偵なんだよね。どっちも推理できる作品が好きなんだけど、午前二時不動産にダブル探偵システムはある?」

「……瀬名先生が僕を探偵に仕立ててくださるなら、できるんじゃないですか?」

「オーケー。やろう」

作家としての起死回生を、この謎解きに賭けてみてもいいかと思えた。

不謹慎かもしれないが、自殺の現場を取材できることなんてなかなかないし、次の作品の題材になるかもしれない。

それに、燻《くすぶ》っている環境から心機一転、眺めのいいタワーマンションに引っ越せば、モチベーションが高まることも期待できる。

作家の有効期限を延ばすために、この謎を解く必要があると思った。

絶好の内見日和だ。豊洲の街にそびえ立つタワーマンション群が、太陽光を乱反射させている。

2

そのなかでもひと際の存在感を放つベイフロントタワー豊洲は、三棟の細長いビルがY字のように中央で交わる、変わった形をしていた。普通の四角いマンションとは違い、地上の敷地に余裕があって、エントランス前がちょっとした公園になっている。

ベンチで缶コーヒーを飲んでいると、遠目にも分かる、やたらと姿勢のよいスーツ姿の男がやってきた。

「こんにちは。お待たせしてすみません」

「いや、ちょっと早めに来て周り見てただけだから大丈夫」

「綺麗なマンションでしょう？　なかなかお目にかかれない形の建物ですから、楽しみにしていたんですよ」

と言って愛《いと》おしそうに建物を仰ぐ表情を見て、やっぱり自分たちは似た者同士かもしれないと思う。物理的に所有できるわけではないものへ、強い蒐集《しゅうしゅう》欲を抱いている感じが似ている。柏原は物件情報、瀬名は人生経験だ。

芝生を突っ切るレンガ敷きの道を進んで、エントランスに向かう。磨き抜かれたガラスの自動ドアを入ると、そこはオートロックのパネルがあるだけの空間だった。

「このマンションはオートロックが二段階になっています。この先は共用ロビーで、居住フロアに上がるには、さらにその先のエレベーターホールの前でもう一度解錠する必要があります」

「随分厳重なんだな。このドアもでかすぎるし、東京湾に浮かべたら、十人乗りのイカダにできるよ」

と、のん気な感想を述べていた自分が、いかに金持ちの風俗について不勉強だったのか——巨大な黒いドアが横にスライドして開けた空間を見て、思い知った。

「え……っ⁉　なに、ごめん……はい？」

豪華絢爛《けんらん》なロビーは——純文学作家のくせにこんな安易な英単語に飛びつきたくはないが——ラグジュアリーと呼ぶほかになかった。果てしなく横に長いスペースに並ぶソファは来客用らしいが、無料で誰でも座れるとは信じがたいほどの品格がある。

高級ホテル並のコンシェルジュカウンターで、柏原はさっさと手続きを済ませて、次なるドアへカードキーを片手に向かう。

情報量に追いつけないままエレベーターホールに入ると、近未来的な空間に、十基のエレベーターが整然と並んでいた。

「一般的にタワーマンションは、低層階、中層階、高層階でグレードが分かれているのですが、こちらの物件の場合はさらに、居室がどの方向に向いているかでグレードが細かく設定されています。ご案内するお部屋は中層階の上のほうという位置付けですが、海側なのでハイグレードに設定されています」

方向によるグレードは、マンション内のエリアの呼称にもよく現れていた。普通なら棟ごとにA棟、B棟……とつけていきそうなところだが、このマンションは、窓から見える景観に合わせて面でエリアを分けている。

東方向・埋立地の島々が見える側は『アイランド』、西方向・レインボーブリッジ側は『トワイライト』、そして目当ての物件は、南方向・東京湾を望む『オーシャン』である。

オーシャンエリアの低中層階用、三十階までしか停《と》まらないエレベーターに乗る。

三十秒足らずで上がったドアが開くと、瀬名は呆《ほう》けた声でつぶやいた。

「うわ……迷宮じゃん」

三方向に延びた廊下は、左右にびっしりとドアが並んでいた。

外から見たときにはイメージがつかなかったが、全居室が窓に面しているということは、マンション内部は窓ひとつないのである。

三方向の廊下にはそれぞれ十戸ずつあるので、このワンフロアだけでも三十戸ある計算だ。廊下の先は果てしなく遠く、行き止まりに非常階段のランプが見えた。

「慣れるまでは大変かもしれませんが、乗るエレベーターと降りたあとの方向さえ覚えてしまえば、さして難しい構造ではありませんよ」

さっさと歩き出す柏原についていき、廊下の中ほどのドア前で足を止める。カードキーを当てると、ドアのロックが開く音がした。

「どうぞ。ぜひ、ご自身で開けてみてください」

言われるままにドアを開く……と、瀬名は大きく目を見開き、声を上げた。

「うわ、すっげえ！」

部屋に入った瞬間、煌《きら》めく青色が目に入った。

全室のドアが集約された広い玄関ホールで、正面ふたつのドアに、縦に細いすりガラスが入っているから、部屋に入らずとも、その先に青い海が広がっていることを予感させてくれる。

左手のドアを開けると、広すぎるリビングから海が望めた。

「いや……東京湾のオーシャンビュー舐《な》めてたわ。ゴミゴミしてるって勝手に思ってたけど、綺麗。これが日常の風景になるのはすごいな」

「公共の展望デッキで見るのとは違った趣があると思いません?」

「うん。なんか、景色も分譲なんだなって思った。広い東京湾の、この高さ、この角度の景色を占有するための費用が、マンション代に含まれてる」

かつての文豪たちが、宿をとってカンヅメになっていた理由がよく分かった。

絶景は心を動かす。自分の心に敏感になる。書きたい気持ちが芽生える。三年間ここにカンヅメになったら、どれだけの名作が生まれるだろうかと思った。

「亡くなられたのは真ん中の部屋です。見に行きますか?」

「そこは最後にしよう。とりあえずルームツアー」

玄関脇の引き戸を開ける。四帖の空間はシューズインクローゼットらしい。靴以外にも色々置けそうな広さで、金持ちのゴルフクラブやバカンス用のスーツケースがある様が思い浮かんだ。

玄関ホールの右手のドアを開けると、脱衣所と浴室があった。バスタブは半円形のジャグジー付きで、洗面台の鏡は、五人並んでも映りそうなほど大きい。

トイレはホールの左手、リビングのドアの手前にあった。当然のように、トイレの中にもホテルライクな洗面台がある。

再びホールに出て、正面の二室のドアの前に立つ。

「こちらが主寝室です」

柏原が右側のドアを開けると、そこは十帖ほどの真四角な部屋だった。

「おー。これはベランダ無しの恩恵を感じるわ。いいな、景色に遮るものが無いの」

この部屋にベッドを置き、朝日覚めて、真っ青な海が目に入るところを想像する。これなら、夜型の生活が直るかもしれない。あるいは、東京湾の夜景をいつまでも眺めて、夜更かしが助長されるか。

奥行きのあるクローゼットを書庫にするとか、思い切って海側のガラス面にぴったりのデスクを特注するとか、一般的な内見の盛り上がりはひと通りやった。

無論、このあとの謎解きに集中するためである。

「……じゃ、本題に移りますか」

表情を引き締め、リビングと主寝室に挟まれた自殺部屋の扉を、そっと開く。

主寝室に比べると縦に細長い部屋だが、それでも、ドアを開けた瞬間に広がる海の煌めきは変わらなかった。

あまりにも変わらなくて、拍子抜けしてしまう。人が死んだ部屋なら景色が淋《さび》しく見えるとか、海の輝きも亡くした命の前では虚《むな》しいものであるとか——そういう新たな発見を期待していたのに。

あっけないほど、ただの綺麗な部屋だ。ここで女の子が死んだ。その事実だけが不均衡に重い。

柏原は窓に向かって左の壁にあるクローゼットから、クッキー缶と思《おぼ》しき平らな箱を取り出した。

「こちら、オーナー様から預かっている手紙です。これを見ながら、この部屋のことをお話ししましょう」

ガコン、とふたを外しながら、柏原はゆっくりと語り出した。

この部屋で服薬自殺を遂げたのは、当時高校一年生のひとり娘だった。大手商社で役職付きの父と、専業主婦の母の三人家族で、四年前、娘が中学に上がる年の三月に、この部屋に入居してきた。

オーナー曰く、入居審査で三人と会ったが、特に変わったことはない裕福な家族だと感じたという。

豊洲の中高一貫の女子校に入学予定で、徒歩圏内のセキュリティがしっかりした物件を希望していたため、マンション内部が閉じたトライスター型の構造を気に入った。

また、母親が趣味程度の料理教室をたまに開いており、アイランドキッチンであることも決め手となって、申し込みから入居まで、トントン拍子に進んだという。

「一般的に、家賃は手取り月収の三分の一が上限と言われています。それ以上だと、家計を圧迫しすぎる。ですので、少なくとも手取りで月額九〇万円以上、子供の教育にお金をかけていたとなれば、額面上の年収は二〇〇〇万円近くはあったのではないかと思います」

「やっぱ……」

柏原は缶の中から、封筒の束を取り出した。無地のオレンジ色の封筒が五通、水色の封筒が九通。宛先も差出人名もなく、端に小さく、鉛筆で日付が書いてある。

「これ、中身読んでいいの？」

「ええ。オーナー様が開封済みですので。そこに書いてある日付は、手紙を回収した日だそうです」

瀬名は床にあぐらをかき、一番日付の若いオレンジの封筒を手に取った。

そっと手紙を取り出し開いてみると、無地の便箋に、筆跡を隠すような角張った文字で数行の文が書いてある。

【オレンジの封筒　3／10】
安城瑞葉《あんじようみずは》の死は、あなた方のせいである。娘を監視することに悦《よろこ》びを覚え、教育という名の枷《かせ》で娘を縛り付け続けた、そのことに自覚はあるのか？　私は彼女の魂が解き放たれるまで、永遠に許さない

「お、おう……。いきなりなかなか強火だな」

「他のもどうぞ」

瀬名はおっかなびっくり、他の封筒も手に取る。

日付は今年の三月から始まっていて、オーナーは月に二度回収しているらしい。

【オレンジの封筒　3／22】
安城瑞葉の死は、安城勝之《かつゆき》のせいである。家庭を顧みず仕事に逃げ、気まぐれに金とモノを与えた娘を他人に見せびらかしては満足感を得る、その卑しさが娘を死に追いやった。私は彼女の魂が解き放たれるまで、永遠に許さない
【オレンジの封筒　4／9】
安城瑞葉の死は、安城博子《ひろこ》のせいである。娘の生活を全て把握することを愛情だ

と履き違えたあなたは、娘を思い通りにすることで、自己の人生の充足感を測っていた。私は彼女の魂が解き放たれるまで、永遠に許さない

【オレンジの封筒　4／18】

安城瑞葉の死は、あなた方のせいである。まだこの家にいるのか。娘を殺したことを反省しているなら、ここから一刻も早く去れ。私は彼女の魂が解き放たれるまで、永遠に許さない

「ん……？」

瀬名は便箋を見つめながら首をかしげた。

「これ、オーナーが受け取ってるってことは、もう両親は引っ越してるんだよね？」

「ええ。時系列で言うと、娘さんが亡くなったのが今年の一月、二月末まではご両親はそのままお住まいで、その後お引っ越しされたとうかがっています」

「なるほど。だから、ここにある手紙は三月からなんだ。……ってことは、その子が亡くなって最初の二、三通は、両親が受け取ってた可能性が高いのか」

「はい。オーナー様曰く、退去されるときに奥様が異様な取り乱し方をしていたそうで。娘が自殺したなら仕方ないかとそのときは思ったそうなのですが、その後この手

紙が届いているのを見つけて、これが原因だろう、と」

「こんな脅迫文みたいな内容なのに、親は警察には言わなかったのかな」

「そのようですね。理由は分かりませんが。オーナー様も当然届けていません」

【オレンジの封筒　5／4】
安城瑞葉の死は、安城博子のせいである。図々《ずうずう》しくもまだ住み続けている厚顔無恥なあなたには、もっと分かりやすく言わなければならないのだろうか。すぐに管理者に連絡をしろ。一刻も早く去れ。私は彼女の魂が解き放たれるまで、永遠に許さない

【水色の封筒　5／20】
ここはお墓だよ
【水色の封筒　6／2】
ここはお墓だよ

瀬名は息を呑み、思わず便箋を取り落とした。慌ててそれを避け、残りの水色の封筒も開いていく。

ここはお墓だよ
ここはお墓だよ
ここはお墓だよ

たったひと言の文が続く、その全て——八月二十二日の分まで確認し終えたところで、瀬名は気づいた。

「あ……っ、あのさ。柏原くん、この手紙はいつも、どこに入れられるの？」

「玄関ドアの横にある新聞受けです」

「見た……？」

「いえ」

黙って廊下へ出る柏原について行き、玄関ドアの横の壁を見ると、縦長の受け箱があった。視線で促され、瀬名は意を決して箱を開く。

「……水色だ」

日付も差出人名もない、もちろん端も切られていない、無地の封筒。じっと見つめる瀬名に、柏原が呼び掛ける。

「未開封のものがあったら開けて読んでいいと言われています」

こうなることを予想していたかのように、柏原はハサミを持参していた。瀬名は慎重に端を切り、便箋を取り出す。

ここはお墓だよ

瀬名はしばらくそれを見つめたあと、苦笑い気味に言った。

「なるほどなあ。こんなのが届き続けてたら、入居者募集なんてできないよな。情報管理に慎重な柏原くんにしか任せられないってのも、よく分かる」

手紙を缶の中に戻し、クローゼットにしまう柏原に向かって、瀬名は率直な疑問をぶつけた。

「この手紙の差出人……もうめんどくさいから犯人って言っちゃうけど、こいつ、家の人が引っ越したって気づいてないのかな？　月二で通ってて気づかないとかある？」

「まあ、そこが一番の謎ですよね。空室の部屋に『早く出て行け』という手紙を投函し続けているという状況から見ると、事情を知らない部外者という印象ですが、内容は家族の状況を詳しく把握しているような文ですからね。行動のちぐはぐさが気になります」

「物理的に実行可能な人間はどれくらいいる？」

「そうですね……このマンションはかなりセキュリティが厳重ですが、それでも部外者の出入りは案外多いものです。宅配、郵便、新聞配達、フードデリバリー、清掃業者……あとは僕たちのような、入居希望者と不動産屋なんかも簡単に入れますね」

「うわ、俺らも容疑者に入るのか」

「日常的に出入りする業者は、専用の出入口で簡易的に入れるようになっています」

柏原との合流前に見た、マンションの周りの風景を思い出す。

「あ、そういえば、アイランド側に鉄扉のドアがあった」

「そこです。ドアを入ってすぐのところにある管理人室で、常駐で対応していると思います。すぐ横に、業者用エレベーターもありました」

有人対応は一見安全だが、顔馴染《かおなじ》みになれば疑われにくい気もする。

「トライスター型っていうのは、犯行のやりやすさに関係あるかな？」

「僕は、普通のマンションよりやりにくいと思いますね。三方向に分かれていて死角が多い割に、一度人の目に入ったら絶対に逃げられないので」

「確かに。この超長い廊下の真ん中の部屋にこっそり手紙入れてダッシュで逃げるって、住人の生活パターンとかまで把握してないと無理な気がするし、内部かあ？　いや、案外宅配とかのほうがカモフラできるか……」

考えを巡らせながら壁にもたれかかり、ガラスの向こうに広がる海を見下ろす。部屋から外の世界は丸見えなのに、外の人間は、この部屋に人が居るかを簡単には確かめられない。変な気分だ。

腕組みしつつ考えていたところで、瀬名は違和感を抱いた。

「……なんかこの部屋、すごい住みづらそうじゃない？」

瑞葉の部屋は、ドアから見て左側の壁の三分の二ほどがクローゼットで埋まっており、奥に中途半端な空間ができている。

「勉強机を置けるところがこのくぼみしかないだろ？　そうするとベッドは右の壁にくっつけて置くしかない」

「そうですね、面積は七帖半ありますが、家財を置くと手狭に感じると思います」

親の監視から逃れるには、この狭い部屋でじっとしているしかなかったのだろうか。

窓の外に助けを求めても、あるのは海だけだ。飛び込んではしゃげるわけでもなく、ただ見せつけられるだけの絶景なんて——。

と考えたところで、ふと、ひとつの疑問が浮かんだ。

「あのさ。なんで瑞葉ちゃんは服薬自殺を選んだんだろう。タワマン住みで確実に死ねるのって、飛び降りじゃない？」

「どうでしょう。このマンションはバルコニーがなく、居住フロアも閉じた空間ですし、非常階段も内階段なので……ああ、でも、ラウンジなら可能ですね」

「えっ？　ここ、酒飲むところあるの？」

「はい。三十九階のトワイライトエリアの一部が、居住者専用のラウンジになっています。昼はカフェ、夜はバーとして営業していて、ルーフバルコニーのテラス席があります。そこが、このマンションで唯一外に出られる場所です」

そういえば募集図面に、家賃や共益費とは別に、共用設備会員費なるものがあったのを思い出した。

「うーん……でもまあ、急に柵を登り出す子がいたら、その場に居合わせた人が止めるだろうし、深夜は施錠されてて無理だったのかもね」

柏原はオーナーから、瑞葉が死んだときの状況を詳細に聞いていた。オーナーは警察の事情聴取を受け、現場検証にも立ち会ったという。

「瑞葉さんが亡くなっているのを発見したのは母親で、日曜日のお昼ごろです。午前中はヨガの体験会に行っていて、帰ってきてもまだ瑞葉さんが起きていなかったので、部屋に起こしに行ったところ、ベッドの中で亡くなっていました。どうやら、市販の咳止《せきど》め薬を大量に飲んだようです。家にあった度の強いウィスキーで流し込んだ、と」

「咳止め？　うわ……マジか」

ため息をつく瀬名に、柏原は不思議そうに尋ねる。

「この話をされているとき、オーナー様もいまのあなたと同じような顔をされていたんですけど……咳止めに何かあるんですか？」

「若い子の間で流行《はや》ってるんだよ。ODっていって、自殺するために飲むんじゃなくて、ドラッグ感覚でふわふわしたいときにやるか、自傷行為のつもりでやる子もいる。けど、本気で死のうと思ってやるわけじゃない」

薬を飲んでぱたりと絶命なんていうのはお話の世界で、近年の薬は安全にできているし、多少の過剰摂取では死なない。仮に破滅的な量を飲んだとしても、発見が早ければ胃洗浄で助かる見込みはあり、自殺の方法としては不確実だ。

「では、瑞葉さんも死ぬつもりはなかったのでしょうか。若者の間で流行しているのなら、瑞葉さんもそれを日常的に行っていたとか」

柏原の疑問に対して瀬名は、それはないと断言する。

「ODってめちゃくちゃお金と手間がかかるから、普通の子はできないんだよ。市販薬とはいえ千円以上はするし、店側も流行ってるのは分かってるから、若い子が頻繁に買いに来たら売らない」

「なるほど。親に金銭管理もされていたと考えると、日常的に大量の薬を購入するのは無理ですね」

「うん。繁華街で悪い仲間からもらい放題ならいざしらず、いいとこのお嬢さんが気軽にできることじゃない。俺は、この服薬自殺は軽い気持ちのOD中の事故じゃなくて、瑞葉ちゃんにとって一回きりの大勝負だったと思うよ」

　薬を手に入れるのも、飲んでから確実に死ぬまでに充分な時間を取るのも、チャンスは少なかったはずだ。

　見つからないでほしいと願いながら、ウィスキーの瓶を盗み、吐くのをこらえて必死に数百錠を飲み込む様が思い浮かんだ。

「自室でひっそりっていうのがさ。迷惑掛けないように気を遣って生きてきたのかなっていうのを感じるよ」

「そうでしょうか？　僕は、他に選択肢がなかっただけのように思いますけど」

　情緒が分かんない奴だなと思う一方で、自分が作家としてふるわない理由が、こんなふうに、安易に綺麗な話でまとめようとするからである気もした。

3

室内の内見を終え、共用廊下へ出てすぐ、ドア横の壁を見た。

「あー新聞受け、入れる側はこうなってたのか」

規格外の大きなドアの右側。インターホンの下に、投函口があった。新聞を三つ折りにしてちょうどいい程度の横幅で、高級感を損なわないデザインになっている。

「タワーマンションで、各戸の室内へ投函できるポストがあるのって、珍しいんです」

曰く、戸数が膨大な高層マンションの集合ポストは、一階のオートロックで施錠された専用スペースに集約されているのだという。

「各戸にあるとしても、簡易的に新聞を差し込めるバーかラックで、わざわざ投函口と受け箱を壁に埋め込むタイプはあまり見ません。……よほど居住者のプライバシー重視なのでしょうね」

と言って柏原は、天井を指差した。

「このマンションの居住フロア、二階から四十階には、監視カメラがありません」

「マジ⁉」

瀬名が驚いて視線を上げるも、確かに、長い廊下の天井には、等間隔にライトが並んでいるだけだ。

「ほんとに一台もないの？　セキュリティ、ガバすぎない？」

「いえ。高級物件は、プライバシーの観点から、居住フロアに監視カメラを設置しないことも多いんです。その代わり、共用部分には過剰なほどついていましたよ」

監視カメラがあったのは、一階共用部全域、ラウンジ、キッズスペース、業者用出入口、ポストルーム、非常階段など、ありとあらゆる場所についていたという。

「周りの公園にも数台あったので、瀬名さんもバッチリ映っているでしょうね」

その過剰な監視をくぐり抜けて半年間も怪文書を届け続けている犯人は、一体どれほど執念深いのか。

エレベーターで一階まで降り、ロビーへ出ると、帰宅してきた親子連れや学生の姿がちらほら見えた。

「ちょっと人間観察でもする？」

と言って瀬名が指差したのは、来客者用ソファだ。並んで座り、人の往来を眺める。

「不動産屋パワーでは、安城一家のことはどこまで分かってるの？」

「個人情報の関係で、ご両親のことはうかがえなかったのですが、瑞葉さんはもう亡くなっているのでいいだろうということで、学校名は教えていただきました」

「おー、有力情報。なんてところ?」

「椿《つばき》女学院というそうです。豊洲の北側、晴海《はるみ》通りのそばなので、マンションからは徒歩二十分くらいでしょうか」

学校名をスマホで検索すると、椿の生け垣に囲まれた校舎と、上品なグレーのセーラー服の画像が出てきた。

中高合わせて全校生徒は約五五〇人。少人数教育がウリの進学校という印象だ。

「瑞葉ちゃんのSNSとかが探せれば手っ取り早いんだけどなあ……って、あっ!」

瀬名は柏原の袖を引っ張りながら、斜め前方を指差す。

いままさにスマホ画面に映し出されているセーラー服と全く同じものを着た少女が、エレベーターホールに向かっていた。

慌てて駆け出しオートロックに滑り込むも、ホール内には少女の他にも十人以上いて、近づくことができない。後ろからやってきた柏原が耳打ちする。

「とりあえず、停まった階だけでも控えておきましょうか」

少女は五人の住人とともに、アイランドエリアの低中層階用エレベーターに乗っていった。頭上のランプが停まったのは、三階、六階、十二階、十九階、二十二階。

「五フロアか……果てしないな」

ドアプレートは部屋番号のみで無記名だったし、どう探せばいいのか……。途方に暮れていると、柏原が突然、不快そうな顔でジャケットからスマホを取り出した。電話の着信だろう。バイブレーションが震え続けているが、柏原は画面を見つめたまま眉を寄せている。そして切った。

「あれ？　出なくていいの？」

「ええ。緊急ではないので」

と言ったそばからまた、スマホが震える。柏原は小さく手刀を切ってエレベーターホールを出て、ロビーの壁際でスマホを耳に当てた。

明らかにだるそうだ。何を話しているのかと好奇心がうずき、気配を悟られないよう、そっと背後へ回る。

「……分かった、それはやるから。うん、……うん。いや、あしたかな。あした。……ええ？　いま忙しい。嫌だ」

私的な電話だろうか。砕けた口調を通り越して、わがままっ子のような口ぶりだ。

「もう、わかったって。それはやるから、先にこっちの用事やって。……うん。法務局で登記簿謄本を取ってきてほしい。……言うよ？　メモして」

柏原が振り向くそぶりを見せたため、瀬名はとっさに逃げた。

どうやら仕事の関係者のようだが、午前二時不動産は柏原ひとりでやっているはずだ。取引先相手にしては態度が無礼すぎるし、何なのか……。

ソファの元の位置に戻り、何食わぬ顔で座っていると、柏原が苦笑いで戻ってきた。

「すみません、お待たせしてしまって」

「いやいや、そっちこそ平気なの？」

「はい、野暮用でした」

と言いながらスマホをしまおうとした柏原が、画面を見て「ああ」と声を漏らした。

「瀬名さん、先ほどのSNSのことなのですが、ちょっと詳しそうな方がいるのを思い出したので、電話で聞いてみますか？」

「お、マジ？　お願い」

柏原は二度咳払いしたあと、スマホを耳に当てた。

「もしもし。ご無沙汰しております、午前二時不動産の柏原です。……すみません、突然。……もちおちゃんはお元気ですか？　……それはよかったです。へえ、転職。どちらに？」

先ほどとは全く異なる柔和な声で話すので、瀬名はギョッとする。

柏原は状況を説明しているようで、一分ほど話したのち、瀬名に電話を手渡した。

「谷口《たにぐち》あやさんという方です。以前一緒に謎解きして、無事入居を勝ち取られた名探偵ですので、色々聞いてみてください」


電話を代わると、相手はほわっとしたしゃべり方の女性だった。

『はじめまして、谷口と申します。泉さんからお話聞きました。ウェブマーケティングの会社に勤めているので、ちょっとはお役に立てるかもです』

「あ、マーケの方ですか？　それは心強いです」

瀬名がライターとして働くウェブ制作会社で、広告戦略を練るマーケティング部の社員には、よく世話になっている。

『知りたいの、女子高生のＳＮＳアカウントですよね？　その子の学校名と入学年度が分かれば、入学用ハッシュタグで調べられるかもしれません』

「入学用、というと？」

『最近の子は入学式の前に友達作っておきたいみたいで、春休みの間に繋《つな》がれる友達を、Ｘ、インスタ、ＴｉｋＴｏｋあたりで探します。学校名を含むハッシュタグを使う感じです』

「へえー……。ちなみになんですけど、その子は椿女学院っていう中高一貫校に通ってたらしくって。それだと、どんな感じのハッシュタグになります？」

『うーん、中高一貫ってことは、高入生は少なくてハッシュタグを作る必要もないと思うんで、〈#春から椿中〉〈#椿女生と繋がりたい〉とか？　こういうのは、入学式にその場で落ち合えるやつです』

「それなら、年齢から逆算して、入学年度に絞って検索すれば出ますね」

『はい、これは簡単なパターンです。ちょっと難しいのになると〈#椿20〉みたいな感じで、うしろに数字がつきます。これは、入学年度か創立何期生かのどっちかです。最難関になると〈TJH44M3〉みたいな……』

「え、え？　もう一回お願いします」

『T椿J女学院Hハイスクールで高校、四十四期生、Mはミュージックで音楽コースの三組って意味です。適当ですけど』

ジェネレーションギャップに打ちのめされる瀬名の様子を察したのか、谷口は小さく笑った。

『特定するまでは大変だと思うんですけど、しらみつぶしに探せば見つかります。特に最後の暗号は、入学後に自分のクラスを書いておくためのものなので、プロフィール欄に書いてあることが多いです。ひとり見つけられれば交友関係が一気に分かると思います。頻繁にリプし合ってる子を遡ってみてください』

「いや……マジで超有力情報ありがとうございました。助かりました」

『いえいえ。粘れば絶対見つかりますから！　謎解き頑張ってください！』

力強く励まされ、通話を終えた――きっと谷口自身も入居時に苦労したのであろうことがうかがえた。

「どうでした？　何か情報は摑《つか》めそうです？」

「うん、大収穫……なんだけど。ちょっとさあ、柏原くん。君はなんだね、女性のお客さんに下の名前呼びさせてるのかい」

「……？　ああ、あやさんはそうですね」

「は？　お互い下で呼び合ってるの？　どういう関係⁉」

「不動産仲介業者とお客様ですけど」

「謎解きしてたら下の名前で呼び合う仲になりましたって？　くそー、なんだよその顔がいい男エピソード。ふざけんな」

「勝手に話を捏造《ねつぞう》しないでください。あとうるさいです。ここ、他人の共有財産ですよ」

柏原がたしなめるも、瀬名はむくれ続けている。

「もういい。分かった。もう手加減しないぞ俺は。言いたいことは言うし、やりたいことはやる」

別に猫を被《かぶ》っていたわけではないが、ちょっとだけ、素の自分は抑えていた。そのほうが冷静に探偵をやれると思っていたわけだが、もうやめる。

息巻く瀬名をキョトンとして見ていた柏原は、やがてうつむき、肩を震わせて笑い出した。

「……本音を言い合えたほうが、真相には近づきやすいですね」

4

コンビニ弁当を持って帰宅したのは、七時過ぎだった。

電気を点《つ》けずに、薄暗い鉄筋コンクリート壁のワンルーム全体を見渡す。

張り切って買った昇降式デスク。無骨な部屋に映える観葉植物。元気になれると思って買ったパステル画はピクチャーレールで壁に飾っている。

謎解きで脳の興奮物質が出すぎたのだろうか。あるいは、思いがけず人と打ち解けたからか。ひとりで夜の始まりを迎えていることに気づくと、反動のように意識が沈んでいった。

ミリタリージャケットを椅子の背にかけ、ダイニングテーブルの上に弁当を置いて、スマホだけを持ってベッドに寝転がる。

こんなふうにさみしいのは久しぶりだ。目をつむると、取り留めもない思念が浮かんで、時間が巻き戻されていく。

規格外の高級マンションの輝き。この部屋に越してきた日の夜の期待。授賞式のカメラのフラッシュの眩《まぶ》しさ。視界が潰れる。そして現れたのは、思い出したくない記憶だ。

九年前、大学一年生の自分が、日当たりの悪い部屋の布団の中で、貝になっている。

頑張って入った希望の大学で、学びも遊びもバイトも全力以上でエンジョイしていたはずなのに、どうして体が動かないのか。自分が鬱になったのだと気づいたのは、完全に家から出られなくなり、秋を迎えるころだった。

休学届を出し、引きこもるようになってからは、感情が激しく動くコンテンツを一切受け付けなくなった。面白動画も映画も見られないし、漫画も音楽もダメ。切ない恋愛も驚きのミステリもサスペンスも何もかもがダメになった結果、瀬名のそばに残っていたのは、純文学だった。

著作権が切れた文豪作品が無料で掲載された、インターネット上の図書館だ。旧仮名遣いの淡々とした文を読んでいる間は、少し痛みが和らぐ。思考停止のための読書に膨大な時間を費やし、布団の中で過ごしてしまう悪い輪廻《りんね》の中にいた。それでも読むことをやめられない。

そうして貪るように読むうち、ふと気づいたのだ。あるかも分からない救いの一文を探し回るより、自分で書いたほうが早いのではないか？

布団から這《は》い出して、小説らしきものを書いた。死んでいた心が動いた。これでダメならもう自分はもうダメなんだと腹を括《くく》り、四ヶ月で二〇〇万字書いて、新人賞を受賞した。

賞金と印税を得て、この奥渋谷の閑静な住宅地に引っ越しを決めたとき、『一室を構えて何かを成し遂げてやろう』という、感じたことのない気持ちがあった。

書けば書くほど元気になる。復学し、ついでにライターのアルバイトも始めて、幸せだった。

しかし、幸せになるにつれて、言葉が陳腐になっていくのも感じた。

わずかな鬱の経験を素材に書くだけでは、いつかネタは底をついてしまう。新しい表現をするための技術を積まないままデビューしてしまった。そのことに気づいたのは、三冊目の売り上げが爆死したあとだ。

無理を言ってもう一冊出させてもらった。売れなかった。

そうして編集者からの連絡が途絶え、いまに至る。

「…………探そ」

緩慢な動きでスマホを開く。谷口に言われたアドバイスを守り、複数のＳＮＳを行ったり来たりしながら、無限とも思えるパターンを試す。

日はとっぷりと暮れ、月が上がって落ち、やがて空が白み始める。眠気で目もかすんできた。そして、コンビニ弁当を置きっぱなしにしていたことに気づく。

根を詰めすぎるのもよくないと思い、インスタグラムの画面を消そうとした……そのとき、ひとつのポストが目に入った。

［Ｒｉｎ：後輩の応援！　つば中がんばれ！］

というコメントが添えられた写真は、なんの変哲もない無人の体育館だ。しかしよく見てみると、舞台の天井から下がった幕の中央に、椿女学院の校章が入っている。

プロフィール画面に飛ぶと、〈ＴＪ３２Ａ４〉という文字列が記されていた。

今年度の中学の新入生が三十六期生であることは公式サイトで確認済みで、生きていれば高二の瑞葉は三十二期生だ。このアカウント主が同級生である可能性は高い。

Ｒｉｎは顔は載せていないものの、スイーツやカフェなどの投稿が多く、行動範囲は簡単に絞れた。豊洲駅前の大型商業施設ららぽーとや、有楽町線で行ける池袋《いけぶくろ》で遊んでいることが多いらしい。

手掛かりを求めて、さらにスクロールしていくと、自宅の窓から撮ったと思しき写真があった。

［Ｒｉｎ：お腹空《なかす》きすぎてカステラに見えてきた］

「これ……辰巳《たつみ》団地だよな？」

豊洲の隣の辰巳駅は、駅周辺のほとんどが古い団地で、碁盤の目のように整備されたエリアに、数十棟が等間隔に並んでいる。……というのは、柏原との待ち合わせの前にマンションの周辺を歩きながら、スマホで航空写真を見ていて知ったことだった。

もしこの写真がベイフロントタワー豊洲から撮られたのだとしたら、方向としては、アイランドエリアだ。見下ろす角度的に、おそらく中層階だろう。

「あの子か……？」

マンションのエレベーターホールで見かけた少女を思い出す。

アイランドの低中層階用に乗った。五つのフロアに停まっていたが、メモを柏原に任せてしまったため正確には思い出せない。

瑞葉が死んだ今年の一月まで一気にスクロールする。楽しげな投稿の中に、ひとつだけ黒い写真があった。
タップしてみると、マンション前の公園の一角と思しき植え込みの葉に、ひと粒の夜露がついている——瑞葉という名前が連想された。

整理つかなくてぐちゃぐちゃ。だけど、言葉にしておきたいから書くね
ごめんねとありがとうとゆっくり休んでほしいのと
何で？　っていうのでぐるぐる回ってる
ずっと一緒に居たいねって言ってたの、嘘《うそ》だったとは思わないよ
最後までそう思ってくれてたって信じてる
今はまだ完全に受け止めれてないけど、いつも通りに過ごすよ
ゆっくり休んでほしい　悩みのない世界にいてほしい
大好きだよ　ずっと大好きなのは変わらないからね

文面を何度も読み返しながら、瀬名の頭にひとつの考えが浮かんでいた。
スマホの連絡先を開き、柏原泉の名前をタップすると、三コールほどで繋がった。

「もしもし、俺、瀬名。マンションで見かけた女の子のアカウント特定した」

柏原は驚きの声を上げ、瀬名の情報収集能力を誉めた。

しかし瀬名が電話を掛けたのは、これが用件ではない。

「あのさあ。この謎解きに、瑞葉ちゃんの心情っていうのは含まれないの？」

『……と言いますと？』

「手紙が届き続けるのも謎だけど、瑞葉ちゃんが何を思って死んだのかっていうのも、大きな謎じゃん。事件の全貌を知るには、犯人のことばっかり考えてても意味ないよ。瑞葉ちゃんの気持ちを理解してあげないと」

電話の向こうの柏原はしばらく黙っていたが、やがてひと言こう返した。

『効率悪くないですか？』

「……所感を聞かせてもらえる？」

『僕は、思春期真《ま》っ只中《ただなか》のティーンエイジャーの自殺の理由に、他人が推測可能な解があるとは思えません。手紙の内容の解釈に時間を割くよりも、物理的に投函可能な人物や、手紙を送ることで利益を得るであろう人物を考えた方が確実だと思います』

直球の正論だ。期待どおりで清々《すがすが》しい。

「そりゃあそうだ。……ってわけで、ひとつ提案なんだけど、ダブル探偵の設定をもっと活かさないか？　俺はマンションの構造とかは詳しくないし、犯行の手口とかは柏原くんに任せたい。その代わり俺は、思春期の女の子の気持ちを解読して、なぜこの手紙が投函されているのかの答えを探す。どう？」

『それは効率的ですね』

「とりあえず、Ｒｉｎって子のアカウントを送るよ。豊洲近辺っぽい写真が多いから、不動産屋目線でなんか分かったら教えて」

おやすみ、と言って電話を切り、もぞもぞとベッドに潜る。

眠気で重くなった目をつむると、瀬名の意識は、瑞葉の部屋から見た海景に寄せられた。青くて、広くて、どこまでも続く、憎たらしいほどの美しい海と空だ。

全面ガラス張りの部屋から望むあの海景は、追い詰められた人間へとどめを刺すのに十分な殺傷能力を持っている。瑞葉はきっと、親の監視に絶望しながら、どこまでも遠く続く青い海を眺め続けていた。

安城瑞葉が飲んだのは、致死量の薬と、致死量の青——そんなことを思い浮かべながら、瀬名は深いまどろみのなかに沈んでいった。

5

二日後、内見日の午後三時。柏原からLINEが来ていた。

［ムビステのお兄さんって、何のことだかご存じです？］

［分からん］

簡潔な短文で済ませたのは、この電車を降りたらすぐ合流するからだ。

あれから粘って検索したものの、瑞葉本人のアカウントは、どのSNSからも発見できなかった。自殺する前に削除したのだろう。ただ、Rinに関する情報はそれなりに集まった。

本名は凛《りん》と書くらしい。『おぐ』と呼ぶ生徒もいて、こちらは名字の一部だと思われる。クラスの暗号〈TJ32A4〉のAは、特進科Advanceの略で、瑞葉も同じクラスだったようだ。

エントランス前の公園で落ち合うと、柏原は裏手のほうを指差した。

「きょうは業者用出入口から入らせていただけるように手配しています」

「ほう？　やるじゃん」

アイランドエリアの手前、駐車場との分かれ道の先に、鉄扉の入口が見えた。インターホンを鳴らして名前を告げると、オートロックが解錠された。

管理人室のカウンターで、名前と入館時刻を記入する。その上には、宅配業者やフードデリバリーの名前がずらりと並んでおり、午後だけでも十五人以上が入館しているようだ。

部屋に着いてすぐ、瀬名は新聞受けを調べた。しかし中身は空だった。柏原はまっすぐ瑞葉の部屋に入り、鞄《かばん》の中から分厚い角封筒を取り出す。

「こちら、登記簿謄本です。凛さんが乗ったエレベーターが停まった五フロア分を全て取り寄せました」

登記簿謄本――柏原が砕けた口調で電話していたときに発していた単語だ。

聞けば、登記簿とは土地や家屋の情報が書かれたもので、所有者の氏名も明記してあるのだという。法務局で取り寄せれば他人であっても閲覧可能。分譲マンションの場合は一戸ごとに登記されているので、全フロアを見れば『おぐ』とつく名字も見つかるはずとのことだった。

「自宅の景観を特定してくれて助かりました。辰巳団地はほとんどが五階建てだそうなので、見下ろせない低層階と、オーシャン、トワイライトエリアは外しましょう」

半分以下になった紙の束を一枚ずつ手に取り、おぐ、おぐ、と心の中で唱えながらめくっていく……と、十九階の一室の氏名を見て、瀬名の手が止まった。

「これじゃね？　大黒秀《おおぐろしゅう》」

オオグロの中間を取って『おぐ』。下の名前が一文字なのも共通している。

三十分ほどかけて全てを検《あらた》め終えると、『おぐ』のニックネームに該当しそうなのは、やはり一九〇六号室の大黒家のみだった。十九階の角部屋、棟の先端で、辰巳団地がよく見えそうだ。

「凛ちゃんに関する情報はこんなもんかな。……で、この子は犯人じゃないと思う」

「へえ？　推理をお聞かせいただいても？」

紙の束を集めながら顔を上げた柏原に、瀬名は自身の予想を語る。

「凛ちゃんは瑞葉ちゃんと相当仲良かったっぽいし、マンション内の移動も自然にできる。だから一見動機も手段もありそうに見えるけど、あり得ない。だって、親が引っ越したことに気づかないわけないもん。ターゲットの姿が見えなくなったら、確認するだろ。ロビーに張り付いたり、何か用事をつけて、コンシェルジュに聞くとか」

「つまり犯人は、住人なら自然にできる空室確認をしていない、ということですね」

「そう。だから凛ちゃんはあり得ない。住人と、マンション内部のスタッフの線も捨てていいと思う」

「でもそれだと、犯人の動機はますます分からなくなりますね」

「そうね。ってことで、次は瑞葉ちゃんが死んだ本当の理由を探そ」

柏原が書類をまとめるのを待たず、瀬名はクローゼットに向かう。クッキー缶を開けて、オレンジの封筒の文を改めて読んだ。

「いや……これ、金持ちの毒親で最悪のパターンだな」

「最悪、とは」

「考えてみろよ。父親が気まぐれに高いモンを買い与えて娘を他人に見せびらかしてるとか、母親が子供の行動を全把握して行動制限してるとかって、凄《すさ》まじい虐待の嵐なわけ。金を振りかざして瑞葉ちゃん本人の意思を蔑《ないがし》ろにしてる感じが異常」

「なるほど。文面から得られる情報もあるんですね」

「まー、その辺は本業なんで」

ため息をつきながら玄関ホールへ出る。頭を掻きながらふと顔を上げると、瀬名は目を見開いてつぶやいた。

「柏原くん……ちょっと来て。あれ」

瀬名が指差した先にあるのは、四つの小さな穴だ。白いパテで埋めてあり目立たないが、それが何だったのかは容易に想像がつく。

「監視カメラ、だよな？」

「……おそらく」

瑞葉の生活を想像する。部屋に入るときも出るときも、全てのドアが集まるこの玄関ホールを通らなければならない。もしここに監視カメラがついていたのなら、トイレや浴室に入るのも、全て記録されてしまう。

特に瑞葉の部屋は真ん中だから、帰宅して玄関から一直線で……と考えたところで、ハッとした。

自分がこの部屋に初めて入ったとき、感動したのはなぜだった？　家に入った瞬間に、青い海が目に入ったからだ。

「……俺たちはなんにも分かってなかったんだよ。年頃の女の子が住む部屋のドアにすりガラスが入っていることについて、もっと真剣に考えるべきだった」

この間取りにおいて瑞葉を監視していたのは、両親ばかりではない。来客も宅配も、玄関を開ければ視線の先には瑞葉の部屋がある。母親が開く料理教室の会員も、父親が開く宅飲みに来る大人たちも、みんな、瑞葉の部屋の前を通る。

「机とベッドしか置けない細長い部屋だもん。ぼかされてたって様子は分かるし、見られてるって思うだけで嫌だろ。それに……」

瀬名は頑丈な壁を平手で叩《たた》く。

「俺、さっき登記簿見ながら不思議に思ってたことがあって。年収が何千万円もあって、なんで分譲賃貸に住んでんだろ、って。普通に買えるじゃん。同じマンションで、別の部屋が」

「……確かにそうですね。2LDKなら子供が巣立ったあとも部屋を持て余すことなく長く住めますから、購入するほうが自然です」

言いたくないなと思いながら、予想を口にする。

「あえて賃貸を選んだ理由が『引っ越しやすいから』だったとしたらどう？　瑞葉ちゃんの大学や就職先、もしかしたらもっと先まで……娘と一生一緒に住むために、引っ越しやすい賃貸を選んできたなら、親から逃げるにはもう死ぬしかないって思考になる可能性はあると思う」

「……全く共感はできませんが、精神的に過酷な状況で、判断能力が低下した可能性については理解できます」

「いまはそれで十分。……さて、そろそろ行こうか」

高校生の推定下校時刻だ。

ロビーのソファに陣取ったふたりは、残されたもうひとつの謎について話し合っていた。

インスタグラムに何度も出てきていた『ムビステのお兄さん』だ。三年前、ふたりが中学二年生のころから、たまに出てくる。

その人物の写真は一枚もないが、どうやら瑞葉が熱烈なファンだったらしい。

凛は、瑞葉とともに派手な飾り付けのうちわを制作している写真を、いくつも載せている。最後に出てきた昨年十月の投稿にはこう書かれていた。

[みじゅぱの推し様、ファンサすごいから]

うちわには『バーンして♡』と書いてある。

「ファンサとバーンの意味が分かりません」

異言語を見るように首をかしげる柏原に、瀬名は解説をする。

「天才作家探偵・瀬名律斗の調査によると、ファンサというのはファンサービスの略で、アイドルのライブでうちわを掲げると、アイドルがファンのリクエストに応えてそのジェスチャーをする。バーンはピストルで胸を撃ち抜く動作を指すらしい」

「……なるほど」

理解不能、と顔に書いてあった。瀬名も同じ気持ちだが、いつか小説のどこかに使ってやろうとも思った。

「ムビステというのもアイドル用語なのですか？」

「多分。東京ドームみたいなでかい会場だと、メインステージとは別に、乗ってる床ごと動いて、客席の後ろのほうまで移動できるのがあるらしい。ムービングステージ、略してムビステ」

「では瑞葉さんはその、ムービングステージに乗っているアイドルのファンだったのでしょうか」

「それは分かんない。わざわざその単語で呼ぶってことは、メインステージに立たないでムビステだけに乗る役がいるのかなと思って調べたんだけど、それはないっぽいんだよね」

「ステージを動かすスタッフというのはどうでしょう」

「客にうちわを振られて応えるスタッフなんていると思うか？　クビになるだろ」

瑞葉本人のアカウントがあればな、と思う。うちわづくりの投稿には必ずふたり分の手が入っていて、きっと瑞葉のアカウントにも、同様の写真があったはずだ。

「……親に見られたくなかったのかねえ」

ぽつっとつぶやいたとき、エントランスドアが開いて、凛が入ってきた。

事前に話し合っていた作戦は直球で、手紙のことを聞く。

瀬名は静かに駆け出し、エレベーターホールに着く手前の空間で、凛を呼び止めた。

「すみません、ちょっといいですか？」

「えっ？」

と言って足を止めたその表情は驚きだけで、怯《おび》えや警戒の色は含まれていなかった。

これはおそらく、成人男性だと認識されていないパターンだ。

「急にすみません。僕、このマンションに住むかもしれなくて見学中なんですけど、もし知ってたら教えてほしいことがあって」

「えっと……私で分かることであれば……」

戸惑いつつも、答えてくれそうだ。

「入居を考えてる部屋に手紙が届いてるらしくて、前住んでた人に届けたいんです。高校生くらいの子がいたって聞いたから、もしかして友達だったりしないかなあと思って。知りませんか？」

「何号室なんですか？」

「二八〇八ってところです。海のほうの」

瞬間、凛は半歩引いて瀬名の全身を一瞥《いちべつ》し、非難めいた声で言った。

「知らないです。ていうか、知ってたとしても、人に関することは言えないし。マンションの質問かと思った」

唇を噛《か》む表情は、悲しそうに歪《ゆが》んでいた。

「……そういうの、人に聞かないほうがいいですよ。プライバシーの侵害だし」

じゃあ、と言って、凛は足早にエレベーターホールの中へ消えていった。

ぼうっと見つめる瀬名の背後から、コツコツと革靴の音がする。

「しっかりしたお嬢さんでしたね」

「うん。……いま俺、めちゃくちゃ後悔してるよ。当事者を傷つける取材をする奴ってこんな感じなんだなあって、初めて知った。最低」

浮かない顔で業者用出入口を出る。柏原がオーナーへ内見終了のメールを送る間、瀬名は鉄扉にもたれかかり、頭上を仰ぎ見ていた。

アイランドエリアの先端。あの角部屋で、いま凛は何を考えているのだろう。見ず知らずの人間に傷をえぐられて、泣いているかもしれない。

そんなことを思っていたところで、柏原のスマホが鳴った。

「瀬名さん。次がラストチャンスになりそうです」

見せられた画面に映し出された文は、確かに最後通告だった。

何度も同じ客を案内してマンション側に不審がられると困るため、次でダメなら、いまの入居希望者には謝礼を支払い、他の客を見繕ってほしいという。

「謝礼？　ふざけんなよ。金で黙らそうって感じのこのオーナー、俺も嫌いだわ」

「ここに住むとなると、そのオーナー様に家賃をお支払いすることになりますが？」

「俺が支払うのは東京湾の借景代だよ。……凛ちゃんにも謝りたいし、絶対次で、犯人を突き止めるからな」

6

勝負の内見日は、話し合いのすえ、日曜日に決めた。

瀬名は連日マンションや学校の周りを偵察しており、ベイフロントタワー豊洲に住む椿女学院生は、凛ひとりだと確定している。

他の生徒のSNSも改めて見たが、凛と同様、抽象的な追悼のメッセージをひとつ投稿して、その後は瑞葉の死には触れていない。進学校なだけあり、受験や将来についての投稿も多く、罪に問われるリスクを冒してまで脅迫めいた手紙を送り続ける動機があるとは思えなかった。

公園で合流してすぐ、瀬名は柏原に頼んでいたことを尋ねた。

「清掃業者のこと、聞けた？」

「はい。全戸に配布している日程表のＰＤＦを送っていただきました」

柏原のスマホを受け取り拡大する。さすが高級マンションなだけあり、定期的に清掃が入っていて、日程と実施エリアもきっちり明記されていた。

「……これ、清掃業者は手紙入れるの無理だな？」

「ええ。犯人は二週間に一度投函していますが、清掃は四十階建てのフロアを日を分けて少しずつ実施しているので、計算上、投函の頻度に間に合いません。複数人で作業するでしょうから、ひとりで業務と関係ない階へ立ち入るのは難しいかと」

「マジかあ……これしかないと思ったんだけどなあ」

瀬名は、ジョギング趣味の男を装って走り回った観察結果を話した。

まず、新聞配達は業務用出入口から入って数分で出てくるため、マンションスタッフにまとめて渡していると思われる。フードデリバリーは常に急いでいて、すぐに用を済ませて出て行くので、寄り道をしている暇はなさそうだ。不動産業者は客と共に行動しているので不可能。

清掃業者だけは確認できなかったため、柏原に調査を頼んでいたのだった。

「掃除の人が無理なら物理的にやれるのは宅配と郵便だけど、空室なことに気づかないわけがない。……ってなるともう残されてるのは、全然関係ない奴が住人に紛れてオートロック突破してるしかないんだよ。弱ったな」

最後かもしれないエレベーターに乗り込み、二八〇八号室へ足を踏み入れる。新聞受けを開けると、水色の封筒が入っていた。

「手紙、入ってる」

と言って体を起こした瀬名の手元を見て、柏原が訝しがる。

「二通……？」

「おう。どういうことだろうなこれは」

柏原にハサミを借り、慎重に開封する。

ここはお墓だよ
ここはお墓だよ

想像通りの内容だった。想像どおりだったゆえに、ひとつの疑念が浮かぶ。

「犯人は、俺たちが手紙のことを探ってるのに気づいたのかな」

「だとすると、随分話が変わってきますね。犯人は、空室だと知りながら送り続けていることになってしまいますよ」

瀬名は二通を凝視する……と、右手に持った一通を見て、小さくつぶやいた。

「これ、筆跡の凹《へこ》みがある」

ほとんどが余白の便箋で、前後の行に、比較的長文と思しき文字の凹みがあった。

「本当ですね。でも、何が書いてあるかまでは判読できません」

「分かるよ、簡単に」

瀬名はそう言いながら、玄関脇のシューズインクローゼットに入った。引き戸を閉じ、真っ暗な部屋の中でスマホのライトをつける。

便箋に対して斜めの角度で照らすと、凹みに陰影ができ、強めに筆圧をかけて書いたであろう角張った文字が浮かび上がった。


安城瑞葉の死は、安城博子のせいである。来客の度に家中を晒《さら》して回り、娘のプライバシーを蔑ろにした。私は彼女の魂が解き放たれるまで、永遠に許さない

「来客……？　こんな文章、無かったよな？」

ふたりは瑞葉の部屋でクッキー缶の中を確認したが、やはり、この文面の手紙はな

かった。

他の手紙の凹みも調べたところ、水色の封筒の中身は、きょう届いた一通を除いて全て『ここはお墓だよ』という文面が重なっている。

「話を整理しましょう。まず、この文章の手紙が缶の中に無いということは、オーナー様が手紙を回収し始める前に書いたものということですよね？」

「だろうな」

「とすると、犯人は一通ずつ書いて投函しているわけではなく、あらかじめまとめて書いている。そして、順番どおりには送っていない」

「そうだね。じゃなきゃ、二月以前に書いた文面の筆跡が残ってる手紙が、九月に届くわけないもん。先にバーッて書いて、色分けしといて、これから送る用も保管してるんだろうな」

瀬名の答えを聞き、柏原はため息をついた。

「……と、ここまでは僕にも理解できるのですが、これ以降が全く分かりません。犯人はどうして全てを長文にしないのでしょう。糾弾したいなら、きっちり内容を書けばいいのに。わざわざ色分けする意味も分からないですし」

「んーまあ、色分けに関しては、恐怖感の演出として成功してる気がするけどね。オレンジの脅迫文を先に送ってビビらせて、そのあとは水色の呪いの短文連投で追い込んでる、みたいな」

「怖がらせて何になるんですか？」

　本気で理解不能そうな柏原に、何か有効な説明を探さなければならない。

「うーん。犯人を突き動かすものが何なのかを突き詰めていくと、枝葉はどうあれ、根本は、瑞葉ちゃんが死んだことが悲しかった――これに尽きるんじゃない？」

「悲しい？　脅迫文を送るような人間が？」

「うん。だってさ、どれだけ犯人の行動が異常だとしても、その発端は瑞葉ちゃんの死なんだもん。やっぱり、瑞葉ちゃんがなんで死んじゃったのか、もう一回ちゃんと考えないとダメだ。正常に判断できなかったで済ませるのは、思考停止だよ。絶対、何かあったはず」

　瀬名の真剣な訴えで、柏原も本気になったようだ。

「凛さんのインスタグラムの投稿を見るに、瑞葉さんを含めた友人同士で色々な場所へ出掛けているので、瑞葉さんは必ずしも日常生活の全てがつらかったわけではないと思うんですよね。親が嫌でも、友人関係である程度の逃げ道は作れていたはずです」

「それは俺も同感。友達との楽しい学校生活とかを天秤《てんびん》にかけても、死ぬほうを選んだ。死ぬことでしか解決できないか、叶《かな》えられない何かがあったのかなあって思うんだけど」

高校生の女の子にとって、友達より大事なもの……。

考えを巡らせながら窓にもたれかかった瞬間、瀬名は「あ」と間抜けな声を漏らした。

「どうしました？」

「……いや。分かった。ムビステはここにあったんだよ。最高のメインステージがその後ろに、無限に広がってるじゃんか！」

瀬名は背伸びをして、窓ガラスの上のほうをコンコンと叩く。柏原はしばらく考えていたが、やがて納得したように何度かうなずいた。

「なるほど。その二点を総合すると、話を聞くべき方はひとりに絞られますね」

「うん。行こう」

増えた二通の手紙を缶におさめ、玄関ホールへ出る。

ドアを閉める瞬間、東京湾と、それを眺める少女の後ろ姿が見えた気がした。

憎たらしいほどの青い海と空が、唯一輝きを増す数分間――それがきっと、安城瑞葉の全てだった。

エントランス前の公園のベンチに、並んで座っている。

瀬名が親指で押さえ続けている画面には、凛のストーリーズが一時停止で表示されており、空にピースサインをかざした写真には『帰ります！』とある。

場所はららぽーと豊洲。投稿時間は十五分前なので、まもなく戻るだろう。

「それにしても、見事な推理でした。どうやってこの結論にたどり着いたんですか？」

「柏原くんが言ったんじゃん。なんで犯人は長文を書かないのか、って。全くもってそのとおりで、俺らを警戒してるならそのまま文で書けばいいのに、なぜか水色を二通送ってくるとかいう、中途半端な牽制《けんせい》をしてきた。その理由を考えた結果、新しい文の手紙を用意することができないんだと思った」

「なるほど、それが『書き手と投函役は別』という推理に繋がったわけですね」

「そう。俺らが犯人だと思ってた投函役は、まとめて手紙を渡されて、指示通りに入れてただけ。それなら、人が住んでいようが空室だろうが関係ないだろ？　で、超怪しい俺たちが現れるわけだけど、投函役の手元にもうオレンジはなくて、新しい文章を書いてもらうこともできないから、中途半端な牽制をするしかなかった」

もう書いてもらうことができない――それが答えだ。

視線を上げると、制服姿とは少し印象の異なる、丈の短いフリルワンピースに身を包んだ凛が、向こうから歩いてくるのが見えた。

瀬名は「おーい」と言って大きく手を振りながら、凛のもとへ駆け寄る。

「大黒凛ちゃんだね？」

「え……っ、なんで名前……」

「驚かせてごめん。手紙の差出人が分かったんで、報告しに来たんだ」

凛は息を吞む。瀬名は、丸く見開かれた瞳を覗《のぞ》き込んで言った。

「君がずっと届けてくれてたんだよね？　瑞葉ちゃんが書いた手紙。頑張ったな、ありがと」

微笑んでみせると、凛は泣きそうな顔で瀬名の目をじっと見つめたあと、こくりとうなずいた。

名無しの手紙は全て、瑞葉が生前にまとめて書いたものだ。それを送り続けてほしいと言い残して死んだから、凛はその願いを叶え続けている。

そう考えるのが一番自然だった。

「手紙、いまどこにあるんですか？」

「マンションの人が保管してくれてるみたい」

凛はしばらく視線をさまよわせていたが、やがて、意を決したように言った。

「私の部屋に、まだ残りがあります。ここで長話してると、誰かに見られるかもしれないんで……うち、来てください」

瀬名の推理の中には、ひとつだけ不確定要素がある。

凛は手紙を開けていない以上、手紙の内容を全く知らない可能性もある。よって、今回二通送ってきたのが、必ずしも牽制とは限らない。

マンションに向かって歩き出した凛の後ろで、柏原に耳打ちする。

「ちょっと、うまく誘導して話を聞きたいんだけど、相棒はそういうの得意？」

「割と。視線を送ってくだされば察します」


アイランドエリアの十九階の角部屋は、本当に同じマンションなのか疑わしいほど、全く景観が異なっていた。まず、海が見えない。ビル群の向こうに運河があり、そのさらに向こうに、再開発中の辰巳団地が見える。

間取りは3LDKで、通された凛の部屋は、勉強机とベッドの間にミニテーブルを置く余裕があった。

「瑞葉のこと、どれくらい知ってるんですか？　あと、私のことも」

「んーっと……瑞葉ちゃんが死んじゃったのが薬飲んで、っていうのは聞いた」

「それ、マンションの人が言ってたんですか？」

「いえ、僕からお伝えしたんです。不動産屋のルールで決まっているので」

柏原のやわらかな口調で、凛は安心したようだ。

「瑞葉ちゃんの学校も柏原くんから聞いて……ごめんね、俺が凛ちゃんのインスタ見つけて、投稿読ませてもらった」

「謝らなくていいですよ。手紙のこと、考えてくれたんですもんね」

凛は、ベッドの下から小ぶりの段ボールを取り出した。中には水色の封筒が大量に入っており、どれも未開封だ。

「何から話せばいいのかな。瑞葉が自殺しちゃった理由？　それとも、手紙のこと？」

「凛ちゃんがつらくないことだけ。ちょっとだけ教えてくれたらいいよ」

「じゃあ手紙のことを話します。これ、どうしていいか分かんないから……」

凛はぽつぽつと語り出した。

「瑞葉のお葬式が終わったあと、この段ボールが送られてきたんです。日付指定だったんで、自分が死んだあとに届くようにしたんだと思います。開けてみたら、宛先とかなんにも書いてないオレンジの封筒と水色の封筒が、いっぱい入ってました」

凛は言葉を区切り、机の引き出しから一通の手紙を取り出した。

封筒は青から紺色のグラデーションで表現された海の底で、やわらかいタッチで描かれた魚が自由に泳ぎまわっている。

その中央には、白いボールペンで『凛へ』と書いてあった。

「読んでいいですよ」

凛へ
まずは、悲しませてごめんなさい。苦しませてると思う。勝手でごめん。

凛のせいでもないし、他の人のせいでもなくて、ほんとに、ただ私が弱いだけなので、誰も自分を責めないでほしいって思ってる。

ただ、もう疲れたなって思っただけ。疲れた。これからみんなを傷つけることになるって分かってるけど、もう、疲れちゃった。

死ぬのは怖いけど、その怖さを乗り越える気力ももう残ってないから、一番勇気が必要なさそうな方法を選びます。

自分が死ぬ瞬間を知らずに、寝てる間に死ねたらいいな。

それでこの手紙のことだけど、これはお母さんたちに向けて書いたものです。ほんとはこんなことしないで、ちゃんと生きて、自分の言葉で直接伝えたほうがいいに決まってるんだけど、その気力ももうないから、手紙にしました。

2週間に1回くらい、凛が時間あるときでいいから、この手紙を新聞受けに入れてほしいです。オレンジの方から先に入れていって、なくなったら水色で。

もしかしたら親は引っ越すかもだけど、入れ続けてればマンションの人が新しい住所に転送してくれるかもしれないから、できる限り続けてもらえたらうれしい。

(やるの嫌だったら、段ボールごと捨ててください)

思い出のものとかは送らないでおくね。そういうのがあると、凛は優しいから、ずっと私のこと考えちゃうだろうし。

勝手に消えるうえに、こんなことお願いする私が言えることじゃないけど、この手紙を送りきったら、私のことは忘れて楽しく生きてください。

今までありがとう。楽しかった。楽しかったしかないな、凛との思い出は。

瑞葉

「……見せてくれてありがとう」

瀬名が静かに手渡すと、凛は目に涙を浮かべていた。

一度でもまばたきしたらこぼれ落ちそうだ。

「瑞葉は親と仲悪くて、死ぬちょっと前に決定的なことがあったから……最初はそれが原因かなって思ってたんです。でもこの段ボールが届いて、それは違うんだって思いました。仲が悪くてもやっぱり親子だから、伝えたいことがあったんだなって」

ぽろりと大粒の涙をこぼした、その澄んだ目を見て、瀬名は確信した。

やはり凛は、この手紙の内容を知らない。

「天国からのメッセージって、あるじゃないですか。亡くなったあとにビデオレターが届くとか。瑞葉はサプライズで人を笑顔にするのが好きだったから、きっと親にも、何か伝えたいことがあったんだと思います。だから私は、瑞葉がやりたかったことは絶対最後までやりきろうって思ってました。……でも、瀬名さんが引っ越してくるかもしれないって聞いてからは、どうしていいか分かりません」

「じゃあ、今回早めのタイミングで二通送ってきたのは……？」

「届けられなくなっちゃうかもって思って、慌てて入れました。瑞葉の約束と違うけど、届かないよりはいいかなって」

凛が瑞葉に騙《だま》されているとは思いたくなかった。

中身は呪詛《じゅそ》だ。凛が思い描いている家族の感動ストーリーではない。それでも、凛はこの手紙を届けるという役割を得たから、瑞葉の両親へ恨みを抱くことなく、優しいままでいられている。

凛が開封してしまう可能性もあったなかで、瑞葉はこの手紙を丸ごと託した。それは信頼があるからできたことだ。

呪詛の手紙であることを凛は知らない――この事実が、ふたりの絆《きずな》の証《あかし》だと思った。

「あの。瀬名さん。私のインスタ見てるなら、うちわ作ってる写真も見ましたか？」

「うん、見たよ。ムビステのお兄さんだろ？　上手にできてんなって感心した」

「その人が誰なのかっていうのも、もう知ってるんですか？」

「んや。これは予想でしかないんだけど……でも当てちゃっていい？　まあまあ自信あるよ」

瀬名は窓を指さした。

「ムビステのお兄さんは、窓拭きの清掃員だな？　それで瑞葉ちゃんは、そいつのことが好きだった」

「当たりです。すごいですね」

常に親の監視に怯え、家では全く気が休まらない瑞葉にとって、高所作業用のゴンドラに乗って現れるお兄さんは、ムービングステージに乗って現れるアイドルだった。

東京湾の煌めきを背に空から降りてくる、正真正銘のアイドルだ。

清掃日程表によると、建物全体の窓清掃は四ヶ月に一度、三日間に分けて行われていた。

中学二年から始まったうちわ制作は、窓清掃の周期にぴったり合っていた。日程表は全戸に配られていたから、それに合わせてふたりで準備をしていたのだろう。

その様子を想像すると、小さな恋は可愛《かわい》らしく、おとぎ話めいていた。

窓越しにしか会えない片想《かたおも》いの相手に届くように、願いを込めて作っていたのだ。

凜はうちわを保管していた。次々と出てくる紙袋は、大きく膨らんでいる。

「瑞葉の家に置いておくとお母さんにバレちゃうから、私が持ってたんです。形見になるなんて思わなかったけど……」

『ピースして！』『一緒にハート作ろ！』『大好き♡』

最初は油性ペンのシンプルな手書き文字だったものが、カラフルな袋文字になり、シールでデコレーションされ、徐々に進化している。

地上数十メートルの高所で作業中の相手が危険にならないよう、見やすく、伝わりやすい短文でコミュニケーションをとる方法として、アイドルのうちわは最適だ。

「その人は、平石翔吾《ひらいししょうご》くんっていいます。十九歳で、瑞葉とは一ヶ月だけ付き合ってました」

「え、付き合ったの？　まじ？　どうやって？」

「三年かけて頑張ってアピールして、最後はこれです」

インスタグラムで最後に投稿されたうちわ——十月の『バーンして♡』を裏返すと、そこには大きくLINEのQRコードが印刷されていた。

「連絡来たらどうしよう、来なかったらどうしようって、どっちのパターンにも悩んでる瑞葉は、すごく可愛かったです。……で、去年の十月の窓掃除最終日の夜に連絡が来て、付き合ったんです」

なぜそんな幸せの絶頂で……と考えかけたところで、瀬名は思い出した。先ほど凛は、死ぬ少し前に決定的なことがあったと言っていた。

うちわに視線を落としたまま、凛は低いトーンで語る。

「付き合って二回くらいデートしたみたいなんですけど、それが親バレしちゃって、すごく怒られたんです。なんのために女子高に通わせたと思ってるんだとか、ふしだらだとか、翔吾くんに対しても、清掃員なんて底辺だから絶対許さないとか……」

「ひでえな」

両親はマンションや清掃会社に苦情を入れようとしたが、世間体が悪いので断念したという。そして、娘の監視をより厳しくした。

「親バレしてからは、友達と出掛けるのも禁止になって、私の部屋に来るのもダメって言われました。嘘ついて翔吾くんと会ってるかもしれないから。瑞葉の部屋の入口に監視カメラをつけられて、ＬＩＮＥも毎日全部見せなくちゃいけなくなって、翔吾くんと連絡とってないかとか、どうしても出掛ける予定があるときは、相手が本当に女の子か確かめるために、その場で文章作って送らされたり……」

じわじわと目に涙を溜《た》めてゆく凛に、かける言葉が見つからない。想像を超える地獄だった。

「平石さんは、このことは知っているのですか？」

「分かんないです。親バレしてそのままＬＩＮＥブロックさせられたから、凛が死んじゃったこと自体知らないかも」

マンション内で自殺者が出たことは、絶対の秘密になっているという。学校でも不慮の事故ということになっており、葬儀は家族のみで執り行われた。

「私、本当は翔吾くんに謝りたいけど、怖くて。翔吾くんは優しいから、自分のせいだって思うに決まってるから……」

瑞葉の死後、窓清掃は二度実施されたが、凛はわざと家に居ないようにして、避けてしまったという。

「私、どうしたらいいですか？　翔吾くんにも言えないし、手紙も迷惑掛けてるならやめなきゃって思ってるけど、もうこれしか瑞葉と繋がれてるものがないから、やめたくないし。どうしていいか分かんない」

凛は、人知れず死んだ親友の何もかもを背負いすぎている。立ち直れないほどのショックを受けているはずなのに、それでも瑞葉の願いを叶えたいと考え続けている少女の、その願いを叶えてやる誰かが必要だ。

「形見分けしよう」

唐突な提案を聞き、凛は驚いたように顔を上げた。

「凛ちゃんは約束どおり、二週間に一回新聞受けに手紙を入れてくれ。俺が責任持って、届けられるようにするから。んで、うちわは翔吾くんと凛ちゃんで半分ずつ分けよう。俺が翔吾くんに会って、渡してくる。瑞葉ちゃんのことも、凛ちゃんが思ってることも、ちゃんと伝えるよ」

瀬名が笑顔を見せると、凛はしばし考えたのち、意を決したように言った。

「うちわは全部翔吾くんに渡してください。私には、これがあるから」

その手の中にあるのは、深い青に彩られた封筒だった。

宵の口を迎えた東京湾は、金色と紫の混じり合う、複雑な空の色を映していた。

豊洲駅へ戻る道すがら、柏原はすっきりとした笑顔を見せる。

「瀬名さん、百点満点の解決、素晴らしかったです」

「えー？　本気で言ってる？」

「もちろん。瀬名さんがご入居後に手紙を受け取り続けてくだされば、マンションに秘密が漏れることなく、凛さんは親友との約束も最後まで果たせて、全て綺麗におさまります。オーナー様の条件の『やめさせること』も、箱の中のものが尽きれば自《おの》ずと止まりますから、時が解決してくれます。……このシステムを始めて五年ほど経ちますけど、こんなにクレバーな解決は初めて見ました」

「なに、急にベタ褒めじゃん」

肩をすくめておどける。確か、受賞後の審査員の講評を読んだときも、こんな気持ちだった。そこ、そんなに褒めるほどの話じゃないんだけどな、と。

「大絶賛してもらったところ悪いんだけど……柏原くん、まだ完全解決じゃないよ」

「え？　なぜですか？」

「凛ちゃんと約束したじゃん、翔吾くんにうちわ渡すって」

瀬名の答えを聞き、柏原は力の抜けた声で「ああ」と言った。

「差出人に関わる誤りではないんですね。なら、問題ありません。既に条件に必要な謎は全て解けているのですから、ご入居の権利はあなたにあります。お渡しするのは僕がやっておきますよ」

「いや。翔吾くんに渡さないと、俺の目的が達成できないの。俺はあの部屋の謎解きに、人生賭けて来てるから」

「人生……?」

目をしばたたく柏原に、瀬名は半笑いで問いかける。

「柏原くんはさ、自分の存在価値の有効期限って考えたことある?」

「ないです。言葉の意味も分かりません」

「俺は毎日考えてたよ。めでたい自著の発売日の00：01から、自分の商業的な需要がこの世界から失われる、有効期限切れの日に怯えてた」

「そういえば最初に店舗でお話をうかがったとき、色々あって開店休業中とおっしゃっていましたね」

「ははは。本当は、編集者と連絡が途絶えてもう二年も経ってる。終わってるのかもしれないって思いながら……でも、認めたくなかったんだよね」

世界設定の徹底された、午前二時不動産の店内を思い出す。

このフィールドの主は己だという自信が揺らがない、あの柏原の態度が、自分の状況を変えたいと思うきっかけだったと、振り返ってみれば思うのだ。

「俺はあの部屋の謎解きを通して、自分が書きたいものが何なのかを見つけたかったんだよ。それに、自殺の現場を取材できたら、今後の作品の題材になるかなって期待もあったし」

「活かせそうなものはありましたか？」

「全然。ただただ、あの部屋で女の子が死んだっていう事実に圧倒されただけだった。でも、いまはそれでいいと思ってるよ」

胸の奥で燻っていた情熱が戻ってくるのを感じる。初めて筆をとり、見よう見まねで書いてみた短編小説を自分で読んで、あまりにも面白くなくて逆に燃えた、あのときの感覚にいまは似ている。

「見つけたネタをそのまんま書くんじゃつまんない。自分にしかできない表現で面白い話を書いてやろうって本気で思ってるし、作家の有効期限は自分の力で延ばす。死後も評価され続けて、教科書に載って、著作権が切れて青空文庫に載って、鬱拗《こじ》らせた人間の無料モルヒネになるまでがいまの目標ね」

言い切った瀬名の表情を見て、柏原はうれしそうに笑った。

「全く実現不可能な夢物語でもなさそうな感じがするから、不思議な方ですね、あなたは」

「というわけで、探偵の相棒に最後のお願い。契約日を解決編にしよう。翔吾くんにうちわを渡して、無事ご契約。いい結末じゃないか？」

「承知しました。解決編にふさわしいロケーションがありますので、そちらの手配もお任せください」

地下鉄出入口の階段へ踏み出す直前、瀬名は振り返って、目を合わせた。

「……あのさ。柏原くん。マジでありがとね。もう言う機会もないかもしれないから、言っとく」

「なんですか、その、今生の別れみたいな言い草は」

据わった目で訝《いぶか》しがる柏原に、心の中でもう一度礼を言う。大事なものがどこにあるのか、思い出させてくれてありがとう、と。

7

契約日の十月五日は、きのうまでのぐずついた天気から一転、抜けるような快晴だった。地上一二〇メートルのテラス席に座っているから、余計にそう感じるのかもしれない。

昼間からシャンパンが飲めるなんて最高だ。共用設備会員費三万円がただの入場料で、飲食代は別であることには驚いたが——しかも、コーラ一杯で七〇〇円もする。

「なんか、経済圏が違うんだろうね。金持ちのクレカが作り出した渦が、酒やらナッツやらを取り込んで空へ舞い上がり、世俗とは無縁の楽園を作ったみたいな」

「酔ってます？　比喩が芸術的すぎて理解ができません」

「午前二時不動産は味のする水をタダでくれて、太っ腹だよ」

「いつでも出すわけじゃありません」

軽口を叩いていると、ガラス張りの飲食スペースから人が出てきた。

「おーい、こっちこっち！」

瀬名が機嫌よく手を振ると、緊張した面持ちの青年がこちらに向かってくる。

ムビステのお兄さんこと、平石翔吾である。素朴な雰囲気の短髪の青年は、おずおずと頭を下げた。

「ごめんね、急に呼び出して。びっくりしたろ」

「……はい。イタズラだったらどうしようかと思いながら来ました」

瀬名は柏原に頼んで、瑞葉の部屋の窓に呼び出し状を貼ってもらっていた。

「いやあ、来てくれてありがとな。俺は瀬名っていいます。ここ、座って？」

円形のテーブルを囲んで座ると、柏原は名刺を取り出した。

「不動産業を営んでおります、柏原と申します。ただいま二八〇八号室のご案内をしておりまして、平石様にお伝えしたいことがございます」

不安げな翔吾には、長々と説明するよりも、実物を見せたほうがよさそうだ。

瀬名はうちわ入りの紙袋を、柏原はクッキー缶を取り出し、テーブルの上に置く。

「まずこっちは、安城瑞葉ちゃんが君のために作ったうちわ。友達が持ってて、君に渡したいっていうから。受け取ってくれる？」

瀬名が紙袋の口を大きく開くと、翔吾は目を丸くして固まった。

「瑞葉がどこにいるか、知ってるんですか？」

「瑞葉ちゃんは亡くなったよ。あの部屋で自殺した」

翔吾は目を見開いたまま絶句していたが、やがて、寂しげな表情でぽつりと言った。

「そっか……。瑞葉は、本当にもう……」

「君は気づいてたの？」

「そうかもしれないと思ってました。ずっとＬＩＮＥをブロックされてたんですけど、急に、一通だけ来たんです」

翔吾は画面の一番上に固定されたトークを見せた。

［ごめんね　うまれかわるまでまたあいたい］

ひらがなだけのこの一文はきっと、薬が効き始め、絶命に向かうなか、なけなしの力を振り絞って書いたのだろう。

その下には翔吾の心配する文が何通も送られているが、既読はついていなかった。

瀬名はこれまでの顚末《てんまつ》——初めて内見に来てからきょうまでに見聞きし、分かったことを全て話した。凛には伏せていた、両親への手紙についても包み隠さず話して、クッキー缶の中身を見せた。

翔吾はそのひとつひとつを開いて、嚙みしめるように時間をかけて読んだ。

「……これは全部、俺のせいですね。俺と関わらなかったら、瑞葉は死んだりしなかった。こんなこと書かせたのは俺のせいです」

その声は震えていた。翔吾は頭を抱え、懺悔《ざんげ》のように語る。

「会いに行けばよかった。俺、急にブロックされて、振られたんだと思い込んでたんです。でも、最後に送られてきたＬＩＮＥを見て、もしかしたらって思いました。すごく心配したけど、返信もないし、マンションには何度も行ったけど、部外者は入れないし。それで、仕事の日に窓の外から瑞葉の部屋を見たら、誰もいなくて……もう、信じるしかなかったんです。瑞葉は引っ越しただけで、どこかで生きてるって」

重苦しい沈黙の長さが、翔吾の後悔を物語っていた。

「翔吾くん。もしよければ、いままでどんなふうに瑞葉ちゃんと交流して来たのか、教えてくれない？　そしたら、瑞葉ちゃんがどうしてこの手紙を遺《のこ》すことにしたのか、分かるかもしれない」

「……こんなことで、罪滅ぼしになるなんて思わないですけど」

そう前置きしたうえで、翔吾はゆっくりと語り始めた。

ふたりの窓越しの交流が始まったのは、いまから三年前、瑞葉が中学二年生、将吾が十六歳のころだった。

翔吾は家庭の事情で高校に進学できず、高時給・寮付き・年齢不問で募集していた高層ビル清掃の会社に就職した。

職場の人は皆優しい。常に度胸と冷静さが試されるこの仕事が好きだ。

そう思う半面、友達は高校生活を楽しんでいるのかと思うと、生活が味気なく感じるときもあった。

「初めて瑞葉を見たのは、ひとりでゴンドラに乗らせてもらえるようになったころです。カーテンがちょっと開いてて、隙間で目が合っただけなんですけど、目をまんまるくしたと思ったら、ぶわーって真っ赤になって。男に部屋見られたら恥ずかしいよなって思って、急いで作業終わらせたんですけど、次の日にアイランドのほうに行ったら、きのうのあの子がなぜか、友達と部屋の隅でくっつきながら手振ってて。仕事中なのに、思わずこっちも、振り返しました」

最初は、味気ない生活のちょっとした癒やし程度だったという。相手はどう見ても年下だし、高級マンションなんて住む世界が違うから、恋愛対象として見る発想すらなかった。しかし、瑞葉がとある発明をしてから、翔吾は急速に惹《ひ》かれていった。

翔吾は紙袋からうちわを取り出した。インスタグラムの一枚目にあった『ピースして！』裏返した面には『みずはです！』と書いてある。

「毎回自分のために作ってくれてるんだって考えると、胸がいっぱいになって。掃除は平日の日中だから、どうにか理由をつけて部屋に居てくれてるんだって、分かってたし。それでも俺は、仕事先の子にナンパするみたいなことは絶対できないって思ってて……でも、瑞葉は何倍も、勇気があったんです。俺、初めて職務規定違反しました。私用のスマホでLINEのQRコード読み取って。瑞葉が勇気出してくれたから、話せて、付き合えて」

初LINEの一行目は、自己紹介だった。瑞葉の名前はうちわで知っていたが、自分の名前を告げる手段がないまま三年も過ぎていたから、名乗れることがうれしかったという。

「一緒に出掛けられたのは二回だけど、幸せでした。三年間撮り溜めてくれてた写真も送ってもらって」

翔吾がスマホを開く。細長い部屋で、窓ガラスに背をつけたあどけない少女の右手と、窓の向こうの翔吾の左手が、ハートを作っていた。

「……何がいけなかったのかな。俺がLINEしなければよかったのか。そもそも手を振り返さなければよかったのか。分かんないですけど、死なせちゃったのは俺のせいだから……やっぱりこんな話、罪滅ぼしにもなんにもなりませんね」

うなだれる翔吾に対して、言葉をかけたのは柏原だった。

「私は、瑞葉さんが亡くなったのは、あなたのせいだとは思いません」

それは慰めではなく、至極当然のことを言っているような、真面目なトーンだった。

「文面をよく読んでください。別れさせられたことを恨んでいるなんて、ひと言も書いてはいないですよ。監視が嫌だったとしか書いていません。凛さんに託した手紙にも、疲れてしまったのが理由で、誰も悪くないとありました」

「いえ。直接書いてなくても同じことです。心が限界になるほど親の監視を厳しくさせたのは、俺のせいですから」

頑《かたく》なな表情の翔吾の肩に、柏原はそっと手を置き、優しく微笑んだ。

「平石さん。もしいまも瑞葉さんのことがお好きなら、彼女を信じてみませんか？瑞葉さんは親の監視が嫌で、死を選んだ。告発文は、自分の考えを直接伝えるのが難しかったから、文字にしただけ。あなたと過ごした日々は大切だった。死を選んだのはあなたを捨てたわけではなく、生きるのに疲れてしまって、もう走れなかった。それだけ。ねえ？」

「うん。俺は、瑞葉ちゃんは手紙に本当のことしか書いてないと思うよ」

瀬名は水色の封筒を手に取り、翔吾の前で振って見せる。

「てか、そっちのオレンジのは親宛なんだから、君は関係ない。翔吾くん宛のはこっちだよ。瑞葉ちゃんの声をよく思い出して、読んでみて」

ここはお墓だよ

翔吾はハッとしたように息を呑んだ。

これは呪いの言葉ではない。可憐《かれん》な少女が、控えめな笑顔で、読む者に教えている。

あの部屋が自分のお墓なのだと。

「水色の封筒は全部、君のために書いたものだ。瑞葉ちゃんは、あの部屋を自分のお墓にしたかったんだよ。んで、窓掃除に来る君に会いたかった。手紙をコンスタントに送り続けるように頼んだのは、空室期間を少しでも長引かせて、あの部屋を守りたかったからだと思う。最期のＬＩＮＥもそういうことなんじゃない？」

「……生まれ変わるまで、また会いたい」

確かめるようにつぶやいた翔吾は、手紙とＬＩＮＥの画面を見比べて、こらえるように唇を結ぶ。

「そこの植え込みからぴょんと飛べば死ねるこの住環境で、あえて薬で眠るように死んだのは、やっぱり彼氏の前では、可愛い姿のままでいたかったんじゃないかなあ」

会えない翔吾を想い、親の支配に苦しみながら生き続けるよりも、死んで全部楽になって、翔吾に会いたいと願った――これが、瀬名が導き出した、安城瑞葉の死の真相だ。

「……ごめん、瑞葉。俺も会いたい」

翔吾は水色の封筒を全て両手の中に集め、祈るように額につける。

「君はめちゃくちゃ愛されてたよ。それに、運がいい。いまこの部屋、すごく安くなってるんだよ。なあ、柏原くん？」

視線を送ると、柏原は一瞬驚いた表情をしたあと、すぐに全てを察したように「ええ」と軽く返事をした。

そして鞄から取り出したのは、午前二時を指す懐中時計が刻まれたバインダーだ。

「ただいま二八〇八号室は、三年間限定で、九万五〇〇〇円で住んでくださる方を募集しています。その間、聡明《そうめい》で一途な女の子からのお手紙も定期的に届きますので、大変おすすめです」

瀬名は頬杖をつき、ニヤリと笑った。

「引っ越しちゃえば？　瑞葉ちゃんのそばに居てやりなよ」

「いいんですか？　瀬名さんが引っ越す予定だったんですよね？」

「ああ、俺はいいのよ。キャラ配置は適材適所にするのが一番。それに、俺はまだ、いまの家でやりたいことがあるからさ」

シャンパンを飲み干し、グラスと伝票を持って瀬名は立ち上がる。

「んじゃ、柏原くん。あとはよろしく。オーナーに、謝礼は要らねえから新作五万冊買えって言っといて」

「僕も三冊くらいは買いますよ」

まずは一作、会心の一撃を繰り出して、必ず出版の世界に戻る。

その戦いの拠点は、金持ち専用の海を望む部屋ではなく、自分で構えた鉄筋コンクリートの一室であるべきだった。

第三章　魔法の箱が開く部屋

1

保育園に持っていく水筒が壊れていることに気づいた。

時刻は午前一時半過ぎ。息子を寝かしつけ、日課の簿記の勉強を終えたところだった。

三軒茶屋《さんげんぢゃや》駅前の二十四時間スーパーなら売っているはずだが、外の寒さを考えると、できれば行きたくない。

職場に持っていく水筒を一日だけ持たせようかとも考えたが、あすは少し遠めの散歩があり、園が指定しているワンタッチ式でなければならないので、買いに行くしかなかった。

こういう細かなルールに精神と体力を消耗させられるとき、母親としての能力や、子供への愛情を試されているのかと思う。

子供を愛しているなら、深夜だろうがなんだろうが、買いに走れ。それが母親というものだろう——そんなふうに、見えない誰かに叱られる気がする。

誰も起こさないよう忍び足で家を出て、ガチャガチャに重なった駐輪場から電動自転車を引っ張り出す。十一月の夜風の冷たさで、手指の感覚は鈍い。

客がひとりもいない生活用品フロアで、自動的に一番安い水筒を選ぶ。義務を果たして店を出ると、ひとりで夜に出歩くのが半年ぶりだと気づいた。

自転車を漕《こ》ぐ。子供の挙動を気にせず、視線をまっすぐ向けたまま、好きな方向に進んで、自由に止まれる。

こんな些細《ささい》なことで解放感を覚えそうになる自分を、もうひとりの自分が叱った。

一刻も早く帰って、子供のそばで眠らなければ。

……そう思っていたのに、無意識に遠回りをしていたらしい。気づけば、橙色《だいだい》の灯《あか》りを漏らす店の前にいた。

なぜ止まったのかは分からない。ただ、自転車にまたがったまま、ドアのそばに置かれたブラックボードを見下ろしていた。

【午前二時不動産】

「……不動産」

つぶやきながら、これから帰る家のことを思った。

西澤涼子《にしざわりようこ》は、シングルマザー向けのシェアハウスに住んでいる。六組の母子が住む一戸建てで、プライベート空間は小さな窓ひとつの六畳だ。

「いいなあ」

こぼれたひとり言が、白い息になって視界を霞《かす》ませる。経済的にも心の余裕的にも、家を借りて自立するなんて、夢のまた夢だ。

だから、この看板が非現実的であることに気づかなかった。

「どうなさいました？」

後ろから声を掛けられ、涼子は飛び上がるほど驚いた。ハンドルを握りしめたまま顔だけ振り返ると、背の高い男性が立っている。

「少し見ていただけです」

「そうですか。そこを左折して道なりに進めば大通りです。どうぞお気をつけて」

男性は美しい笑みを浮かべて会釈し、カウベルの鳴るドアの中へ消えてゆく……その寸前、涼子は声を上げた。

「すみません。家、探してます」

なぜこんなことを言ったのかは分からない。自立した生活なんてできるはずがないのに、咄嗟《とつさ》に口走ってしまった。

ハーブティーに口をつけながら視線を上げると、時刻は午前二時を過ぎていた。

子供を置いてお茶などしている場合ではないが、ここまで夜が深くなれば起きないだろうし……等と、頭の中で言い訳をしている。

柏原泉《かしわばらいずみ》と名乗った青年がひとりで商うこの店は、午前二時から四時までしか開けておらず、ワケあり物件ばかりを扱っているという。

「先ほどは大変失礼いたしました。お部屋探しで足を止められているわけではないようにお見受けしたので、的外れな道案内をしてしまいました」

「いえ、合ってます。声を掛けていただいたときは、別に部屋探しのつもりで見ていたわけじゃなくて……ただ、看板を見て、引っ越しを検討したいと思ったんです」

「そうでしたか。何かご希望の条件はありますか？」

恥ずかしいな、と思う。

普段なら、母子ハウスでの生活は、多様なライフスタイルのひとつだと説明できるのに、なんだかいまは、すごく恥ずかしい。

「わたし、シングルマザーで、五歳の男の子がいて……代沢《だいざわ》にある母子家庭向けのシェアハウスに住んでいるんです」

「もしかして、はーとふるハウスさんですか?」

「はい。ご存じなんですか?」

「物件の所有者様と懇意にさせていただいているので、存じ上げていますよ。家賃は確か、光熱費込みで八万円」

ピタリと言い当てられて、涼子は目を丸くして驚く。聞けば、付き合いのある家主の物件には漏れなく目を通し、記憶しているという。

「区をまたぐと行政の手続きが大変になりますから、世田谷《せたがや》区内ですよね。生活費を引いて、家賃は四万円程度で収めたいところです」

「できたらうれしいですけど……子連れで住める四万円なんて、無いですよね?」

「それがあるんです。きのうご依頼をいただいたところで、まだ募集前なのですが」

そう言って柏原は、革のバインダーからコピー用紙を抜き出した。

〈魔法の箱が開く部屋〉
世田谷区　京王線千歳烏山《ちとせからすやま》駅　徒歩十三分
2K　家賃:八万円　共益費:五〇〇〇円
(残置物引き取りの場合、家賃三万五〇〇〇円)

「魔法の箱？　これはどういう意味ですか？」

「私にも分からないです」

真面目な顔で言う、目の前の人が何を考えているのか理解ができない。その後の説明は明瞭だったが、それでも涼子が理解するのには、随分と時間がかかってしまった。

部屋を契約するには、前の住人の遺《のこ》した謎を解かなければならない。謎の答えは柏原にも分かっていないため、一緒に謎解きをする。解けなかった場合は、どれだけ入居を希望しても契約はできない。

「……システムのことは分かりました。お部屋のことも教えていただけますか？」

「はい。ここは人が亡くなったお部屋ですが、病死ですので、心理的な抵抗感は少ないかと思います。ひとり暮らしの七十代の男性で、脳梗塞を起こしてご自身で救急車を呼んだものの、救急隊と家主様が駆けつけたときには亡くなっていたそうで。タイミング悪く、ほんの数分の差で、ワケあり物件になってしまったんです」

「それは気の毒ですね……」

曰《いわ》く、本来この物件は、事故物件扱いにはならないのだという。

自然な病死で特殊清掃も入っていなければ心理的瑕疵《かし》にはあたらないのだが、この部屋は、死因等とは全く別の理由で、ワケあり扱いになっている。

「謎は、その方が救急車を呼んだときに遺した言葉です。呂律《ろれつ》の回らない状態でしたが、救急の方は『魔法の箱が開く』と聞こえたそうです」

「それは確かに謎めいていますね」

涼子は再び物件情報に目を落とし、家賃のカッコ書きを指差した。

「残置物ってなんですか?」

「これは、前の住人の方が残していった備品です。たとえば、入居者様ご自身で設置されたエアコンが転居先で不要な場合、そのまま部屋の設備として利用する。これが残置物です。このお部屋は、家具家電が全て遺されています」

それは涼子にとって、ワケありどころか、大変魅力的な条件に思えた。母子ハウスから出られない最大の理由が、家財を揃《そろ》える初期費用が出せないからだ。

現在三十四歳。コールセンターのパートから、正社員になれるのが何年後か分からない状況で、離婚の慰謝料を取り崩してまで引っ越すことはできないと考えていた。

「元の家賃は十万円ですが、ワケありなので八万円、さらにクリーニングなしの残置物引き取りなら、共益費込みで四万円です」

「え、家電をもらえるほうが家賃が安くなるんですか?」

「はい。家主様のご事情で、処分やクリーニングにお金も時間もかかってしまうので、そのまま引き取ってくれれば半額以下にするとおっしゃっています。もしよろしければ、一度、内見にいらっしゃいませんか?」

やわらかく微笑《ほほえ》まれて、反応に困ってしまった。借りるあてもないのに乗り気な態度をとっていいのか。

「西澤様がお仕事と育児でお忙しいのは、重々承知です。ただ、このお部屋は募集開始時期が未定ですし、謎解きの時間はたっぷりあります。見たら必ず借りなければならないわけでもありませんので、どうぞ、お子様もご一緒に。きっと喜ばれると思いますよ」

「喜ぶ……?」

「だって、魔法の箱が開くかもしれないじゃないですか」

と言って、一瞬だけ見せた柏原の目の輝きがまぶしく、涼子も少しだけ、その景色を見てみたくなった。

2

「宗馬《そうま》、まっすぐ歩いて」

「じゃあ、さっきのやめる。これ、戻してくる」

宗馬は小さな手を開き、白い小石を見つめた。保育園の駐輪場の前で拾った、宝物になりたての石だ。

捨てるとは言わない、戻そうと考える我が子の優しさに、涼子は頬をゆるめる。

「戻せないからいいよ。でも、きょうはこれで最後だからね？」

「うん。約束。ママありがとう」

似たような白い石を拾い、ポケットにしまって、再び手を繋《つな》ぐ。

おっとりしていてマイペースな性格の宗馬に合わせて歩いているため、徒歩十三分の道のりに、三十分近くかかっている。

電動自転車なら問題ないか……等と考えていると、視線の数メートル先、アパートの電灯の下に、柏原が立っていた。

シャトレーン千歳烏山。二階建てアパートで、中央に屋根つきの階段があり、左右に三戸ずつ並んでいる。目当ての部屋は、階段の右手にある一〇四号室だ。

「こんばんは。お待たせしてすみません」

「いえいえ。私も家主様と話し終えたところですので」

柏原はその場にしゃがみ、笑顔で宗馬に視線を合わせる。

「はじめまして。不動産屋さんの、柏原泉です」

「か、し、ば……？」

「呼びにくいかな？　泉くんでいいですよ」

「泉くん。ぼく、そうま。おうち見せてくれるの？」

「はい。宗馬くんに気に入ってもらえたらうれしいです」

柏原は宗馬の頭をひと撫《な》でしたあと、涼子の顔を見上げ、とろけそうな声で言った。

「ちょっと、抱っこさせていただいてもいいですか？　私、子供が大好きなんですけど、お子様連れのお客様が少なくて」

「かまわないですけど……靴脱がせましょうか。柏原さん、スーツが汚れちゃう」

「ママ、かしばあらさんじゃないよ。泉くんだよ」

「うーん……可愛《かわい》い……」

柏原はたまらないといった様子で、宗馬の両脇に手を入れ、抱きかかえる。そして涼子のほうへ振り返り、小首をかしげた。

「泉とお呼びください。僕も、涼子さんとお呼びしていいですか？　西澤様はおふたりなので。ねえ、宗馬くん」

「そうだよ。おんなじだと分かんなくなっちゃうよ」

ふたりの目が、涼子をじっと見る。

「あ……はは、全然、いいですよ」

「すみません、仲介業者が浮かれて。いつもはこんな調子ではないのですが、お子様を目の前にするとどうにもダメで。行きましょうか」

はしゃぐ息子を抱えて歩き出すその背中を見ながら、離婚せずに父親がいれば、こんな風景が普通だったのかなと思った。

きょうは泉の厚意に甘えて、宗馬が楽しく過ごせるようにしよう。魔法の箱が開く部屋で、謎解き遊びができればいい。

先に部屋に入った宗馬が「わーっ!」とうれしそうな声を上げるのが聞こえて、涼子自身もわくわくしているのを感じる。

「どうぞ、お入りください」

高揚感が昂《たか》ぶったまま泉に促されて入り……しかし室内に入った瞬間、涼子は言葉を失って立ち尽くした。

狭い逆L字の空間の壁と天井に、びっしりと絵が描いてあった。西洋絵画風の夜の森だ。売り物の壁紙ではあり得ない、明らかに手描きの、異様な空間が広がっている。

「ママ、すごいねえ。魔法のおうちだよ。おじいさんが作ったんだって」

「うん……」

柏原と手を繋ぎ目を輝かせる宗馬に対して、涼子は相づちを打つのがやっとだ。

壁の絵は、紺色とグレーが混じったまだらな闇夜をベースに、くすんだ色の木々が、葉の一枚一枚の筋まで描き込まれていた。等身のおかしい騎士や、ギョロリとした目の動物があちこちに居て、天井まで覆いつくす葉の隙間からは、鈍い色の星々や鳥の影が覗《のぞ》く。

歪《いびつ》な線と、陰影の少ない平面的な塗り方に異様さを感じるし、ところどころ空白なのが、この執拗《しつよう》なタッチの絵が描きかけであることを強調している。

死んだ老人がペタペタと絵の具を塗りつけている様子が思い浮かんで、ゾッとした。

「涼子さん？」

「あ、すみません……。驚いてしまって。お邪魔します」

事前に送ってもらった２Ｋの間取りを思い出す。玄関の右手にはキッチン。その向こうにあるふたつのドアは、トイレと浴室だ。

シンクの横にぽつんと置かれた炊飯器はブリキ風にペイントされていて、これが残置物かとめまいがする。

泉が正面の扉を開けると、そこは洋室だった。入ってすぐ左手に押し入れがあり、ふすまにも同様の絵が描いてある。

フローリングには紋様の入った赤い絨毯《じゅうたん》が敷いてあり、部屋の中央には、節張った木のローテーブルと、ぐし縫いの刺繍《ししゅう》が施された二人掛けのソファがあった。

左の壁際に視線を移す。小さなテレビとその台は、錆《さ》びた機械のように、歯車がいくつも張り付けてある。エアコンも同様に装飾されていた。

「これ、なにかなあ？」

部屋の左の隅に立った宗馬が、床を指差している。隣に並ぶと、半畳分ほどの大きさのジオラマがあった。

「これも、前に住んでいたおじいさんが作ったんです。魔法の森かな？」

丘のようにこんもりと盛り上がった土台に、不揃いな木々がびっしりと挿してある。

時計回りに四本の道が通った、入り組んだ森だ。

紙粘土製と思《おぼ》しき歪な人形もまばらに立っている。

「あっちのお部屋は？」

「開けてみていいですよ」

宗馬が二部屋の間を隔てる引き戸を開ける。こちらは何も無い四畳半の和室だった。壁や天井の絵は同じように細かく描き込まれているのに、ぎっしりと物が置かれた洋室とは対照的に、何も無い。

「畳のお部屋は魔法じゃないのかなあ？」

宗馬は再び洋室に戻り、押し入れのふすまに手を掛けた。

「こら、勝手に開けちゃダメだよ。泉さんに聞かないと」

「少し危ないかもしれないので、ここは僕が開けましょうか」

柏原がそっとふすまをスライドさせ、上段を押さえるように片腕を広げる。

「ママ。ここ、寝るところだよ」

押し入れの下段には、天蓋風のレースが垂れ下がっていた。それをよけると、押し入れのサイズに合わせた真鍮《しんちゅう》のフレームと、光沢のある紺色で揃えた寝具が見える。

どうやら、ここをベッドにしていたようだ。

上段には、画材や装飾用の材料が入ったプラケースが詰まっている。

「ぼく、ここで寝たい！」

「ダメ！」

反射的に否定を口にした涼子は、中に入ろうとする宗馬の胴体を抱え、そのまま引きずり出した。

そして、自分がこの部屋に入ってからずっと感じていたものが何なのか、理解した。

生理的な気持ち悪さだ。

得体の知れない老人が寝ていた布団で寝るなんて絶対に嫌だし、トイレや浴室に直接肌をつけるのにも抵抗がある。あの炊飯器で炊いた米を、口に入れられる気がしない。

宗馬が涼子の腕からすり抜けるのを、焦って追いかける。もう帰りたい、と思ったそのときだった。

頭上からカンカンと甲高い音が響き、その音に合わせてジオラマが光って点滅した。

息を呑《の》み、すくみ上がる涼子をよそに、宗馬は興奮した声を上げる。

「ねえ、すごいね！　魔法だね！　ママ、魔法だよ」

はしゃいでジオラマに駆け寄る宗馬を見ながら、涼子は泣きそうになっていた。

「……いまの、なんですか？」

「僕も光るのは初めて見ましたが……おそらく、大きな音を感知すると光る仕掛けがしてあるのかなと」

泉がジオラマのそばに寄り、強めに手を叩《たた》くと、森の中にいくつも仕込んであった

LEDがパッと光った。

「ぼく、これ、ここ、魔法だと思う」

真似《まね》をして手を叩く宗馬が見つめていたのは、ジオラマの中央より少し左上にずれた位置にある、拳ひとつ分ほどの魔法陣だった。一箇所だけ赤く光る模様を見つめながら、宗馬は頰を紅潮させている。

「先ほどの音は階段です。この建物は軽量鉄骨造なので、どうしても音が響きやすくて。特にこちらの洋室は階段の真横ですから、上り下りする足音が大きい方が通ると、響くかもしれません」

「それはちょっと困りますね。子供が寝静まったあとにあんな音がしたら、起きてしまうかもしれませんし」

難癖をつけたのは、帰宅後すぐに辞退するつもりだからだ——本当は一刻も早く帰りたいが、せっかくセッティングしてもらった場をすぐに辞すのは申し訳ない。

ソファの背もたれから顔を出した宗馬が、泉に尋ねる。

「ねえ、箱は？　魔法の箱。どこ？」

「秘密の場所に隠してあります。見てみましょうか」

魔法の箱はキッチンの床下収納に入っていた。

およそ三〇センチ四方の大きさで、ファンタジーゲームの宝箱のような装飾だ。背面に蝶番《ちょうつがい》があるので、ワニの口のように開くはずだが、つまみも鍵穴もなく、どうやって閉じたのかすら分からない。宗馬が上蓋を持って開けようとするとわずかに隙間ができたため、接着されてはいないようだ。

箱に夢中の宗馬の気が済むまで、この部屋の話を聞くことにする。

「お住まいだったのは、池上義夫《いけがみよしお》さん、七十七歳。二ヶ月前に、脳梗塞で急逝されました」

「ご家族は？」

「いないようですね。実はこれが、すぐに入居できない理由です」

柏原曰く、入居者死亡後にすぐ貸せないのは、孤独死の物件でしばしば起きることなのだという。

通常、ひとり暮らしの住人が亡くなったときは、相続人に連絡をして賃貸借契約を解除し、遺品の処分をしてもらう。

しかし、婚姻歴がなく親兄弟もいない――要するに相続人がいない者が孤独死した場合、その部屋に残った故人の所有物を、家主が勝手に処分することはできない。

賃貸借契約を解除するには家庭裁判所の許可が必要で、司法書士などの専門家に依頼することになる。

手続きは、本当に相続人がいないのか戸籍を遡ったり、遺言書や財産の有無を調査したりするところから始めるので、費用も時間も莫大《ばくだい》にかかってしまう。

「クリーニングなしの残置物引き取りで家賃を下げているのは、処分が大変だからです。見た感じ、この絵はＤＩＹ用の剝がせるクロスに描いていると思うのですが、入居されたのが二十年近く前とのことで、剝がした壁紙が傷んでいる可能性もあります。リフォームをするとなると、募集開始時期がどんどん遅れていきますから、いっそ引き取ってほしいとお考えなのかもしれません」

「大家さんも大変なんですね」

「ええ。孤独死のリスクというのは、どの家主様も頭を悩ませているものです。……まあ、ここの家主様は、池上さんが遺されたものを迷惑に思っているわけではなさそうなのですが」

どう考えても迷惑だろうと思いながら、部屋を見回す。家族がいないなら、自分の死後に誰が遺品の処分をすることになるのかなんて、分かりそうなものだ。

「ねえ、ママ。箱開かないよ。魔法しても開かない」

宗馬は浮かない顔で箱を床に置き、パチパチと手を叩いている。

「開かないのかもね」

「でもおじいさんは開くって言ったんでしょ？」

「言ったときは、苦しい病気だったんだって。だから違うかも」

「でも森は光ったもん。魔法、あるもん」

泣き出しそうな宗馬を見て、連れてこなければよかったと後悔した。借りられるかも分からない部屋を見せて、期待値を上げて、泣かせて帰る。謎解き遊びのレジャー気分で、残酷なことをしてしまった。

「泉くん。これ、開くの？」

すがるように聞く宗馬に、泉は小さくうなずく。

「謎が解ければ開きますよ」

「ナゾってなに？」

「このおうちは、不思議なことがたくさんあるでしょう？　どうしてお絵描きがしてあるのかなとか、畳のお部屋に何もないのはなんでかなとか。そういう不思議なものを、謎って言います」

「じゃあ、これ、森があるのもナゾ？」

「そうですね。僕は、どうして池上さんが森を光るようにしたのかが謎です。宗馬くんは、何か謎はありますか？」

「ええと……このお絵描き、絵本みたいなのに、字がないよ」

泉は意外そうに眉を上げたあと、ふやけた顔で宗馬の頭を何度も撫でた。

「涼子さん、宗馬くんは名探偵かもしれません」

「え？　そうですか？」

「はい。この壁紙や残置物を見て、ストーリーがある可能性を読み取ったわけですから。池上さんの言葉が何を意味しているのか、純真な宗馬くんが、解き明かしてくれるんじゃないかなと」

子供を褒められて、ますます引っ込みがつかなくなってしまった。

戸惑う涼子をよそに、宗馬は元気を取り戻し、壁の絵を見ながら推理らしきものをしゃべっている。このあと家に帰って、子供を落ち着かせるのにどれほどの労力がかかるのかなんて、不動産屋には分からないだろう。

沈んでゆく思考にのめり込んでいて、泉が隣に立っていることに気づかなかった。

「涼子さん」

「あ……っ、ごめんなさい、ぼーっとしてました」

焦る涼子に向けられていたのは、気遣わしげな笑顔だった。

「きょうはもう帰りましょう？　それで、やめたかったら、僕からの連絡は無視してください。宗馬くんが泣いたら、泉は悪い奴《やつ》で、他の人にあの部屋をあげてしまったと、僕のせいにしてくださいね」

「え、わたし、やめたいとか……」

「顔に書いてあります。ずーっと、この部屋に入ったときから」

泉は声のボリュームを落とし、とびきりの内緒話をするように言う。

「僕はお子様を喜ばせるだけ喜ばせて裏切る、とてつもない悪者になれますので……涼子さんはどうぞ、本当にこの部屋に住めるのか、ご自分の心に正直に考えてみてください」

涼子がぎこちなくうなずくのを見届けると、泉は何事もなかったかのように宗馬の横にしゃがんで、「きょうはおしまいです」と優しく微笑みかけていた。

3

毎週土日のどちらかは必ず宗馬の行きたい場所へ行くと決めている涼子は、その信条を曲げなかった。

たとえ謎が解けたとしても、自分があの部屋に住めるとは思えない。できれば二度と行きたくないくらいだが、宗馬がまた行きたいと言ったため、腹を括《くく》った。

電車に揺られながら、四日前に泉から来たメールを読み返す。

「本日はご足労いただきありがとうございました。家主様が、涼子さんと宗馬くんに会ってみたいとおっしゃっていたので、もしよければ、お時間のあるときに一緒に行きましょう」

悩んだすえイエスの返事をしたら、すぐに返信が来た。またちっちゃな名探偵に会えるのがうれしい、と。

車での送迎も提案されたが、宗馬が電車に乗りたいというので、今回も徒歩だ。いつもは寒いと縮こまる宗馬が、早く早くと手を引っ張って進む姿を見て、来ることにしてよかったと思った。

悪者になってくれるという泉の言葉に、存外救われている。

アパートの前に立つ泉を見つけて、宗馬は駆け出した。しゃがんで手を広げる懐に、飛び込むように抱きつく。

「泉くん、おはよう！」

「おっとっと。あはは。おはようございます」

いつものんびりしている宗馬が、こんなふうに感情を爆発させて喜ぶのは珍しい。

家主の自宅は、アパートの裏にあった。立派な数寄屋門と広い庭、古い日本家屋の佇《たたず》まいから、代々地主なのであろうことがうかがえる。

インターホンを押してすぐに出てきた家主の福元《ふくもと》は、おそらく七十代前半の、親しみやすい人物だった。

「お招きいただいてありがとうございます。こちら、ささやかなものですが……」

涼子が饅頭《まんじゅう》の箱を差し出すと、福元は恰幅《かっぷく》のよい腹を揺らして笑う。

「まだ貸せるかも分からないのに、すまないねえ。おじちゃんは飲み物を持ってくるから、ちょっと、そっちのリビングで待っていてなぁ」

ダイニングに座ってすぐ、涼子は子供用の動画アプリを立ち上げ、宗馬に手渡した。大人の長い話に飽きて、早く部屋に行きたいと言い出すのではないかと思ったからだ。

しかし宗馬はスマホを受け取らなかった。

「ママ、ぼく、お話聞くから。これいいの。いらない」

「難しいお話かもよ？　静かにできる？」

「うん。ナゾ解くから、聞く」

福元が戻ってきて、まずは自分の状況を説明することにした。

二年前、涼子が三十二歳、宗馬が三歳のときに離婚した。専業主婦だったため、母子ハウスに入居し、子供の急病に対応できるコールセンターのパートを始めた。収入は月によってばらつきがあるが、四万円なら滞りなく支払える。両親は田舎でもう定年退職しているので、保証人は都内に住む兄に頼む予定……等々。

「ウチの入居審査はゆるいから、心配しなくていいよ。直接話して人柄が良ければいいし、今回は特にね、あの部屋のことを理解してくれたら十分だ」

住みたくないとしか感じていなかった心が、ぐらっと揺れた。

入居審査がゆるいのは、あまりに魅力的である。非正規雇用のシングルマザーが家を借りるのは難しいことを、母子ハウスの先輩ママさんたちから幾度となく聞いてきた。

「おじちゃんは、池上さんとお友達なの？」

「うーん。池上さんがどう思っていたかは分からないけども、おじちゃんは友達だと思っていたよ」

池上はいまから十八年前、五十九歳のときに入居したという。

長年医療機器メーカーに勤めており、定年退職後はアルバイトで病院の清掃員として働いていた。

「物静かな人でね。いつも小綺麗《こぎれい》なポロシャツにスラックス姿で、背筋もピシッとしてて、病気があるようには見えなかった」

「池上さんとは、どのくらい交流があったんですか？」

「道で会ったら世間話くらいはしていたし、何度か呑みに行ったこともあるよ。自分のことは多くは語らず控えめで、でも知的でユーモアもあって、楽しい人だった」

孤独にあの部屋に閉じこもって絵の具を塗りつけているイメージだったが、思いのほか常識的そうだ。

「お部屋で……えっと、アートを制作されていたのは、福元さんはご存じだったんですか？」

咄嗟にアートと呼んだのは、故人を貶《おとし》めないためだけだったが、福元は本気でそう思っているようだった。

「いやあ、寡黙な池上さんがあんなに素晴らしい芸術を作っているなんて、知らなかったよ。ウチは消防や電気なんかの法定点検は業者に任せていて、室内に入らないから、救急の人と一緒に入って仰天した。あんな情熱を秘めていたなんて知らなかったから……それだけに、あの部屋をどうすればいいのか決めかねてるんだ」

「まだ募集ができないと、柏原さんからうかがっています」

「そうそう、色々事情があってね。柏原くん、どこまで話してる？」

「法定相続人の方がいらっしゃらないことと、司法書士の先生に依頼されていることはお伝えしております」

「それなら話は早いね。いまは、相続人と遺言書、それから池上さんの財産を調べてもらっているところだよ」

「財産……？」

「負債も含めてね」

聞けば、家庭裁判所に提出する書類のひとつに『財産目録』というものがあり、貯金や株などのプラスの財産と、借金やローン、カードの未払い金などのマイナスの負債も含めて、全て明記しなければならないのだという。

「もし池上さんの芸術に資産価値があるなら、それも含めないといけない。先生は、値段がつく類のものじゃないから、手続きが済んだら業者に丸ごと処分してもらえばいいと言ってるんだがねえ……。もし金銭的に価値がなかったとしても、ゴミにしてしまうのはもったいない」

「ゴミじゃないよ。魔法だもん」

「おお、そうだよなぁ。おじちゃんもそう思うよ」

福元はうれしそうに、孫を見るような目で宗馬を褒めている。

「柏原くん、早速なんだけど、部屋に行ったら押し入れのプラケースの一番上を見てくれるかい？　池上さんの手記なのか芸術なのか、判断がつかないメモが見つかったから。何か分かったら教えてほしいんだ」

「承知しました。それでは涼子さん、宗馬くん、行きましょうか」

宗馬は椅子から降り、泉と手を繋いで廊下へ出る。その後ろをついてゆく涼子に、福元が小声で話し掛けた。

「彼、いいだろう？　男前だし、気も利くし」

「え？　いえ……お部屋を案内していただいているだけですので」

「ああ、こういうのはイマドキよくないかな」

ははは と笑って、福元は話を続ける。

「今回、困った事態になってどうしようかと思っていたところで、地主仲間から柏原くんの噂《うわさ》を聞いてね。難しい物件でも成約を取るし、ついでにその部屋の謎まで解いてしまうって、もっぱら評判なんだよ」

「内見のときに謎解きするの、有名なんですか？」

「有名だよ。家主でも気づかなかった問題に気づいて解決してくれるんで、トラブルにならず助かったという人が、何人もいる。私は学生の時分に推理小説に凝っていたから、少しうらやましいね。ははは」

機嫌よく笑う福元に見送られ、三人は物件に向かった。

前回来たときは気色悪いとしか思えなかったが、池上の人となりを聞いて、少し印象が変わった気がする。

清潔な服を着て、老後も真面目に働いて、ささやかな趣味として制作をしていたのなら、別に害はないのかもしれない。剝がせるクロスに描いていたようだし、病気の兆しもなかったのなら、自分が大量のモノを遺して死ぬことは想定していなかったのかも……と頭では思うものの、では実際に自分がここに住めるかというと、なんとも言い難い。

キッチンの真ん中で思案に暮れる涼子の隣に、泉がそっと並ぶ。

「どうです？　少し不気味さは減りました？」

「まあ……そうですね。池上さんのお人柄をうかがって、少し薄気味悪さは減りました。でも、実際にここに住んだら、生前の暮らしや亡くなったときのことは絶対考えてしまうと思いますし、落ち着かないです」

「それは当然だと思いますよ。というか、それを解消するために、謎解きというシステムを設けているので」

「どういうことでしょうか」

「人は、プライベート空間に自分の把握できていないものがあると、心身に大きく負担を感じます。でも、自分なりに納得できる答えが出ると、案外長く住める方が多いんです」

謎解きは、このもやもやを晴らすためのシステム。

そう捉えると、この部屋の謎について考えてみようかと、少しだけ前向きな気持ちになった。

「泉くん、プラケース、どこ？」

「いま出しますね」

泉が押し入れのプラケースを開けると、A5サイズの少しよれた紙が一枚出てきた。左端に丸い穴が空いているので、リフィル式の手帳のページだろう。

夜の森の王国　年老いた魔術師の後悔と奔走
移動する赤い魔法陣　消えた幼いままの姫と従者

王政が阻む　姫と魔術師に因果なし
姫の横顔を見る　切符を手にして　魔術師が愚者となる
白昼夢と真夜中の悪夢が森を大きくしてゆく

「んー。どういう意味？」

「魔術師という魔法が使えるおじいさんと、お姫様と、そのお供がいるみたいですね。でも、意味はよく分かりません。涼子さんはどう思われますか？」

「手記というよりは、制作のメモのように思います」

泉はしばらく壁の絵とメモを見比べたあと、何かを思い出したように「そういえば」とつぶやいた。

「文学や芸術方面に詳しそうな方がいます。ちょっと聞いてみましょう」

泉はＬＩＮＥの通話ボタンを押し、スピーカーをオンにした。

「ご無沙汰しております、柏原です。瀬名《せな》さん、いまご自宅ですか？」

『もう三日も外に出てない』

「商売繁盛のようで何よりです。それで、お電話したのは……」

『皆まで言うな。謎解きのヒントが必要なんだろ？　とりあえず迷える探偵を出してもらおうじゃないの』

ビデオ通話に切り替えると、よれたジャージ姿の青年が映し出された。

「ぼく、そうま」

『お？　お子ちゃま探偵か』

「母の西澤涼子と申します。お忙しいところ申し訳ありません」

『全然。先の展開が思いつかなくて虚空を見つめてたところなんで』

「展開……？」

「この方は作家さんです。謎を完全解決したうえで入居をやめた、ハードボイルド系の名探偵ですので、色々聞いてみてください」

『変なイジリ方すんな』

涼子は部屋の様子をビデオで映し、福元に聞いた話を交えて説明したあと、メモを映した。

『うーん。まず、この話は見たことがないんで、その人の創作だと思います。で、壁の絵の中に魔術師が何人も出てきてますけど、同じ服だし、ひとりの人物だろうな……って考えると、この部屋の絵は、色んなシーンをひと続きに描いてるんだと思いますね』

「何を表しているかは分かりますか？」

『魔術師の顔が全部一緒ってことは、不老不死とかめちゃくちゃ寿命が長い設定で、ストーリー自体が、何百年単位とかの長さかもしれません。終わらない奔走の苦しみ、みたいな感じですかね。宗馬くんは？　なんか聞きたいことある？』

「あのね、これね、お姫様がいないの」

『ああ。消えたって書いてあるから、絵の中にはいないかもね。もしいるとしたら、魔法陣の中かな。まほーじん。分かる？』

「あるよ」

宗馬はスマホを持って洋室に移動し、ジオラマを映した。

『それそれ。こういうの、壁の絵の中にない？』

「わかんない。でもね、これ、魔法でぴかぴか光るの。ママ持ってて」

涼子はスマホを受け取り、ジオラマの前に座る宗馬を映す。宗馬が拍手すると、ジオラマの中央から少し左上にある丸い紋様が赤く光った。

『おー、じいちゃんやるな。すごいじゃん。……えーっと、なら、壁に赤い光が描いてあるとこがないか、探してみて？　移動するって書いてあるから、色んなとこにあるかも』

宗馬がキッチンへ出て行ったので、涼子は泉にスマホを返した。

「瀬名さん。他に何か、検討すべき点はありますか？　絵やメモに限らず、池上さんの生前に関することでも」

泉が尋ねると、瀬名はニヤリと笑った。

『柏原くんの好きそうなのがあるよ。老人の孤独死、遺された壮大な創作物、そして老人は病院の清掃員だった。……これ、まるっきりヘンリー・ダーガーなんだよ。知ってる？　アウトサイダーアート界のスーパースター』

「いえ、存じ上げないですね」

『超簡単に言うと、数十年間、誰にも見せずに作品を作り続けて、死んだあとに大家がそれを見つけて、アート作品として世界的に評価された。周りには陰気な掃除夫のジイさんだと思われてたけど、家の中ではとんでもないモンを作ってたってわけ。タイトルは「非現実の王国で」――な？　柏原くん好きだろ、こういうの』

「確かに、そそる物語ではあります」

『ま、詳しくはウィキペディアでも見てみて。ドキュメンタリー映画にもなってるから、探したらあるかも。ママさんは？　なんか質問あります？』

「特にないです。貴重なお話をお聞かせいただいてありがとうございます」

『いえいえ。こういうのは、先入観を取っ払って見るのがいいと思うんで。お子ちゃま探偵を信じてあげてください』

そのひと言で、少し肩の力が抜けた。アートなんて見方も分からないし知識もないが、子供の感性を信じれば、何か気づけることがあるのかもしれない。


宗馬の気が済むまで部屋を見ていたら、一時間以上が経《た》っていた。

魔術師と思しき老人は、影や後ろ姿なども含めると、三十人以上描かれていた。姫や従者らしきものは無し。魔法陣や赤い光も無し。複数描かれている騎士や貴族は表情がはっきり描かれておらず、主要人物ではなさそうだ。

泉は和室の隅に隠れたうさぎの群れを見ながら言った。

「動物はかなりデフォルメされていますから、池上さんが考案されたファンタジー上の生き物でしょうか。人間は、魔術師以外に特定の人物は居ないようですし、シーンを表すための背景の一部と考えて差し支えないかと」

はあ、と生返事をしながら、涼子は自身の疲労具合を感じる。

慣れない考え事にも疲れたし、宗馬がマイペースぶりを発揮してあちこち見ようとするのを止めるのにも疲れた。加えて、休日の日中は住人の階段の上り下りが多く、カンカンと音が鳴るたびにジオラマが光って驚いてしまう。ため息をこぼしたところで、背後の宗馬が声を上げた。

「ママ、雨！」

ベランダのほうへ目をやると、大粒の雨が降り始めていた。

「涼子さん、傘はお持ちですか？」

「いえ、持ってきていないです」

「では車でご自宅までお送りしましょう」

礼を言おうとしてすぐに、それはまずいことに気づいた。

先ほどコインパーキングで見た、品川《しながわ》ナンバーのベンツ。あれで送ってもらうところを、他のママさんに見られては困る。どういう関係なのか聞かれるだろうし、不動産屋だと告げれば、転居を検討していることも話さざるを得ない。

まだ引っ越せる状況ではないなか、居心地が悪くなるようなことはしたくなかった。

「ええと……家ではなくて、近くのコンビニまで送っていただけませんか？　傘を買って帰りますので……」

はっきりしない口調で察したのか、泉は別の提案をした。

「店に置き傘があるので、そちらをお使いください。ご自宅の少し手前までお送りします」

車を取りに、泉が先に外へ出る。

ドアが閉まる瞬間、ふと、池上が救急隊に運び出される光景が思い浮かんだ。

池上の心臓が止まったのが、この玄関ドアを一枚隔てた、内か外か。そんな些細《ささい》なことで、人生の最期が大きく変わってしまった。

池上の命が尽きる瞬間が担架で運ばれる途中の路上だったら、こんなに複雑なことにはならなかったのか――疲れた頭で、そんな詮無いことを考えていた。

後部座席のチャイルドシートではしゃいでいた宗馬が、いつの間にか眠ってしまっていた。

ミラー越しにそれを確認した泉は、助手席で外を眺める涼子に声を掛けた。

「涼子さん。どうですか？　住む気になれました？」

「正直、まだ分からないです。でも、子供は気に入っているし、大家さんも入居審査をゆるめにしてくださるとおっしゃっていますから、真剣に検討はしています」

「そうですか。……それなら、お伝えしてもいいかな」

「あの家主様は大変親切な方ですけど、ひとつ重大な嘘《うそ》をついています」

「何がですか？」

意外な言葉に、涼子は目を丸くする。

「福元さんは、お部屋の状態を知らなかったとおっしゃっていましたけど、あり得ないです」

「どうして？」

「消防や電気の点検業者が、十八年間で一度も、誰もあの室内の様子を報告していないというのは無理があります。業者さんの気持ちになってみてください。職務上の点検項目を全てクリアしていたとしても、あの部屋の報告を『機器に異常はありませんでした』だけでは、終わらせられなくないですか？」

「はい。明らかに変ですし……長年お住まいで一度も指摘されていないというのはあり得ないでしょうか」

宗馬を孫のように可愛がっていた福元の顔を思い浮かべる。悪意を持って嘘をついているようには思えないが——。

「あ、そういえば。福元さんは泉さんのことを、謎解きをしてくれるので有名だとおっしゃっていましたよ。何か解いてほしい謎があるんじゃないですか？」

「え？　なぜでしょう。福元さんには、そちらはお話ししていないはずなのですが」

「そちら？」

涼子が聞き返したのと同時に、車が停《と》まった。

窓の外を見ると、午前二時不動産の前に着いている……と思った瞬間、スーツ姿の男性がボンネットの前から回り込んできた。そして、運転席の窓を不機嫌そうにコツコツと叩き続けている。

涼子は咄嗟にシートベルトを外し、運転席の後ろで眠る宗馬を守るように手を伸ばす。振り返ると、泉は胡乱《うろん》げな顔で窓を開けていた。

「おい、どこをほっつき歩いていたんだ」

「内見だって」

「どこへ」

「シャトレーン千歳烏山」

「はあ⁉　あそこはまだ募集前だろ⁉　お前の部屋道楽にお客様を巻き込むな！」

男性は焦ったように助手席側に回り込み、窓越しに涼子へ何度も頭を下げてくる。

怯《おび》えつつ窓を開けると、銀縁眼鏡、前髪をゆるく立ち上げた七三分けの男性は、さらに頭を下げた。

「お客様、この度はいつご紹介できるかも不明な物件へご案内してしまい、大変申し訳ございません」

「いえ……柏原さんから、入居時期が未定だと事前にご説明は受けていますので」

「ちなみに、物件へ足を運ばれたのは何度目でしょうか」

「二回目、ですけど」

「………泉、貴様という奴は」

事態が飲み込めずうろたえる涼子に対して、男性は早口に言う。

「申し遅れました。私、柏原エステート取締役の藤堂広臣《とうどうひろおみ》と申します。アレが一応社長ですので、大変不本意ながら部下でございます」

「え？　泉さん、お店はおひとりで営業なさっていると……」

「世田谷支店はこの者ひとりです」

「午前二時不動産だってば」

「そんなクソ恥ずかしい名前で呼べるか！」

泉に向かって一喝した藤堂は、雨でビシャビシャのまま、さらに頭を下げる。

「お客様、勘違いを生むようなご説明をしてしまい、重ね重ね申し訳ございません。こちらは柏原エステート世田谷支店です。勝手に支店を作り、妙な店名をつけてお客様を巻き込む変人奇人なため、多々ご無礼があったかと存じますがどうぞご容赦ください」

「藤堂さん、頭上げてください。大丈夫ですよ。親切に案内していただいていますし、子供もよくしていただいて」

「はっ、お子様が？　申し訳ございません、馴《な》れ馴《な》れしく撫でたり抱っこしたり好き放題だったかと思いますがどうかご容赦を……」

平身低頭で謝られて困っていると、泉はのっそりとした動きで車を降り、鞄《かばん》を頭の雨避《よ》けにしながら藤堂の隣に並んだ。

「道楽じゃないってば。新規家主様。一棟管理をもらってきたから、君も仕事だよ」

「何だと？」

「身寄りなしの孤独死。現在、司法書士が法定相続人と利害関係者を調査中。烏山の地主様の間で長年馴染《なじ》みの先生らしいから、ちょっと顔を売ってきてよ」

「はあ？　俺はお前の尻拭いで忙しいんだ。電話に出ろ。変な時間帯に店を開けるな。本社の椅子に座って仕事しろ」

「烏山エリアに力を入れたいって、この間誰かが言っていたような」

藤堂は眉を寄せて低くうなっていたが、やがて長いため息をついた。

「……仕方ないな。今回だけだぞ」

「あと、傘」

「はいはい」

なんだか既視感のあるやりとりだと考え込みそうになってすぐ、母子ハウスのママさんと小学生の子のやりとりだと思い至った——店の中に消えていく藤堂の後ろ姿が、子供に根負けしたエプロン姿の母に見える。

「すみません、お見苦しいやりとりで」

「いえ。それより、社長さんだなんてびっくりです」

「まあ、実務的なことは彼に任せているので。僕は道楽者なのかもしれません」

のほほんとした笑顔を向けられて、なんだか力が抜けてしまった。

4

宗馬と一緒に湯船に浸《つ》かりながら、きょう見聞きしたことを思い出していた。

故人の遺したメモ。判然としないストーリー。家主の嘘……。

「ママ、ぼくね、魔術師とうさぎさんは友達だと思う。あとあと、お顔が長いのはきつねさんだと思う」

「どうして？」

「お顔が長いからだよ。あと、トイレのお馬さんは力持ち。あとね」

止まらない考察を聞きながら、じんわりと子の成長を感じた。

これまで涼子は、片親だという理由で足りないものがないよう、知育玩具やドリルなどは、なるべく惜しまず買い与えてきた。

それでも、富裕層の多い世田谷という土地柄もあり、いつか周りの友達と比べて悲しい思いをする瞬間が来ると覚悟していたが、そうとは限らないのかもしれない。

たまたま見た、見ず知らずの老人が描いた絵で、宗馬はこれだけの想像力を羽ばたかせている。

「宗馬は、あのお部屋、怖くないの？　絵が夜だし、お部屋で池上さんは死んじゃったんだよ。おばけ、怖くない？」

「怖くないよ。不思議だから、ナゾなの。ナゾは面白いの。あとね、池上さんがおばけだったら、お絵描き教えてもらって、ママのこと可愛く描きたい」

そっか、と短く答えながら思った。周りの子と比べることを恐れているのは、自分が引け目を感じたくないだけなのかもしれない。

元夫は、出産で妻が専業主婦になった途端に豹変《ひょうへん》する、典型的なモラハラ男だった。

威圧的な言動で支配されていた。しかし、自分が受けている仕打ちがモラハラだと気づくまでに、随分と時間がかかってしまった。

目が覚めたとき、形だけ両親が揃っていても宗馬の幸せにはならないと判断したから、離婚した。その決意を後悔したことは一度もないが、宗馬に対して全てをベストにやれている自信がないまま、いまに至る。

優しく育っているなら十分だと、離婚を決めたあの日の自分は許してくれるだろうか。

「上がろっか」

脱衣所で体を拭き、パジャマを着せてざっくり髪を乾かし、先に送り出す。

リビングへ出ると、一番居住歴の長い高岡幸恵《たかおかさちえ》が、ひとりで晩酌をしていた。

「おつかれ。涼ちゃんも呑まない？」

「じゃあ、一杯だけ。いただきます」

いつもは簿記の勉強で断ることも多いが、こんなふうに育児について深く考え込んでしまいそうな日には、ママさんたちの存在に救われる。

涼子のグラスにビールを注ぎながら、幸恵は小さく笑った。

「どう？　仕事忙しい？　無理してない？」

「勤務中は忙しいですけど、オフィスを出たら私生活には関わらない職種なので、そこまで負担ではないです。でも、無理してないと言ったら嘘になりますね」

「資格の勉強も頑張ってるしね。涼ちゃんは偉いよ。宗ちゃんも、ママに似て良い子」

幸恵の視線につられて横を見ると、小学生のお兄さんお姉さんに囲まれた宗馬が、ブロックを積み上げながら、何かを説明していた。

「間違ってたらごめんなんだけど……もしかして涼ちゃん、再婚考えてる？」

「え⁉　考えてないです。というか、相手がいません」

「あれ、違ったかあ。ごめんごめん。宗ちゃんが、新しいおうちとか、男の人の名前っぽいこと言ってたから、ついに涼ちゃんにもいい感じの人ができたのかなぁなんて思っただけ」

「あはは……全然違います。えーっと、実は、物件を見に行ったんです」

どんな反応をされるか――少し身構えたが、返ってきたのは意外な言葉だった。

「すぐ入居できそう？　年越しちゃうと、小学校の学区でややこしくなるよ」

幸恵の指摘は、涼子が頭の隅でずっと考えていたことだった。

五歳児クラスの宗馬は、春から小学生だ。正直、転居のタイミングは昨年で終わっていたと思う。

進学の年の一月以降は、引っ越しが早すぎると卒園式を迎えられなくなるし、入学までの数ヶ月を一時保育で凌《しの》がなければならない。しかし四月を過ぎると、入学早々転校させることになる。

卒園式から入学式までの二週間に合わせられる物件が見つからなそうなのも、涼子が転居を遠い夢だと考えていた理由だった。

素直に胸の内を伝えると、幸恵は深くうなずき、ビールをあおった。

「あたしも引っ越しのタイミング失ってここまで来たタイプだから、気持ちは分かる。紗奈《さな》が小学校入って友達が増えてくのを見て、転校させるの可哀想《かわいそう》だなって思うし、自分が生活自立したいっていうのが、エゴなのかなとか思ったり」

「それは、わたしも思います。はーとふるの大人数の暮らしからふたりだけの生活になったら、寂しい思いをさせたり、わたしが仕事から帰るまではひとりで待たせちゃうなとか。考えます」

「怖いよね、環境変えるのは」

涼子は軽くうなずき、ビールに口をつける。うつむいたまま視線だけ上げると、幸恵は二の腕を叩いて笑った。

「ま、本当に引っ越すってなったら遠慮なく頼ってね。あたしは何人もはーとふる卒業を見送ってきたからさ。もちろん、引っ越さないならいままでどおり仲良くやっていきたいし。気まずいとか思わないでね」

泣きそうになるのを、ビールと一緒に飲み込もうとした。しかし感情は止まらず、涼子はぼろぼろと涙をこぼす。

ひとりで勝手に悩んで、壁を作っていた自分は馬鹿だった。

この母子ハウスに住むママさんたちは誰もが、一度は大きく挫折し、それでも子供を守り抜いて生きていくと決意した人たちだ。身ひとつで入居してきた日、なんて強い女性たちなんだろうと憧れた、あの想《おも》いを忘れていた。

「うーん。泣け泣け。ママだって、たまには泣いていいんだよ」

二杯目のビールを注ぐ幸恵の笑顔を見ながら思う。

ここに住み続けるにせよ、いつか自立するにせよ、やることは変わらない。

宗馬を育てること。そして、なるべくたくさんの願いを叶《かな》えてあげること。それが自分の生き方だ。

宗馬を寝かしつけたあと、涼子は遅くまで調べものをしていた。

ヘンリー・ジョセフ・ダーガー作『非現実の王国として知られる地における、ヴィヴィアン・ガールズの物語、子供奴隷の反乱に起因するグランデコ・アンジェリニアン戦争の嵐の物語』

この長すぎるタイトルは、通称『非現実の王国で』として知られている。

一万五〇〇〇ページにわたる膨大なテキストと、三〇〇枚の挿絵で構成された物語は、ダーガーが十九歳前後のころに制作が始まった。その後の続編や自身の自伝も含めて、八十一歳でこの世を去るまで、ダーガーは誰にも見せることなく、制作を続けた。

瀬名が言っていた『アウトサイダーアート』は、広義には美術の専門教育を受けていない者が作った芸術作品全般を指すが、日本では、障害を持つ人々など、多様性の中で生まれる新しいアートという文脈で用いられることが多いようだ。

涼子はスマホ画面をズームし、息を呑む。

挿絵と呼ぶには壮大すぎるイラストは、あの部屋の印象と重なる不気味さがあった。まず、歪な線と平面的な塗り方が似ている。陰影が少なく、シーン全体を真横や俯《ふ》瞰《かん》の構図から描く均一さからも、似た印象を抱いた。

大きく異なるのは、池上の絵が夜の森で統一されているのに対して、ダーガーの作品が色彩豊かな点だ。

『非現実の王国で』は、手描きの絵と写真のコラージュの組み合わせで作られている。子供の奴隷解放をめぐる宗教国家同士の戦いにおける、主役の少女たちは、顔のみがスクラップの切り抜きであったり、かと思えば、十数人が等しく細かい線で描かれていたりもする。

舞台も、花に囲まれた空の楽園のような場所もあれば、子供たちが虐殺されているところもあり、様々だ。基本的には戦記の挿絵なので、血や炎に包まれるシーンも多く、鮮やかな配色がグロテスクに見える。

池上の絵には、こういった具体的な場面は描かれていなかったし、不気味さはあっても血が流れることはなかったので、ここも異なるように思う。

解説のテキストに目を移す。ダーガーの不遇な子供時代と人生来歴を読んでゆくと、自分の中にあった『孤独』のイメージが少し変わるのを感じた。

池上義夫もヘンリー・ダーガーも、望んで孤独死したわけではないだろう。ただ、望まぬ孤独が必ずしも不幸だったとは言い切れないとも思う。

人生を賭けて自分を表現しようとしたふたりを、可哀想な老人だと決めつけることはできない。涼子自身、宗馬を育て上げたあとはおひとり様の可能性もあるが、それが哀れな人生だと言われたら、心外だ。

ダーガーの人生来歴は不運に満ちている。しかし、最期を独りで迎えたのは決して運に見放されたわけではなく、この聖戦を描き続けることがダーガーにとって最も大切なことだっただけなのではないか——そしてそれは、池上も同じだったのではないかと思った。

涼子は音を立てないよう、静かに家を出て、コンビニの前で電話を掛けた。

「もしもし。西澤です。開店前のお忙しいときにすみません」

『いえ、のんびり書類仕事をしようと思っておりましたので。どうなさいました？』

「ヘンリー・ダーガーのこと、調べたんです。生い立ちとか、作品のこととか、あとは世間の評価とか。それで気づいたことがあったのでお電話しました」

泉は感心したような声を上げ、ひとつずつ説明してほしいと言った。

「まず、日本でダーガーが認知され始めたのは、二〇〇〇年代みたいです。美術館での展示が何回かあったり、瀬名さんがおっしゃっていたドキュメンタリー映画も反響があったようです」

『ということは、アウトサイダーアートというジャンルは、それまではあまり日本では普及していなかったのでしょうか』

「はい。ダーガーが認知されたことで、一般の社会的弱者の方々のアートが注目されるようになって、広くメディアでも取り上げられていったという流れです」

池上が入居した十八年前は、その流行時期に合っていると思う。

「『非現実の王国で』は、ダーガーの人生経験がそのまま描写されているものも多いらしくて。もし池上さんがダーガーの手法に憧れて作ったのなら、あの制作メモは、手記に近いのかなと思いました。人生の出来事をファンタジーに当てはめて、比喩的に表現している、とか」

涼子の見解を聞いた泉は、しばらく黙ったあと、得心したように言った。

『福元さんは、池上さんの作品や人生来歴について、何かを知っている可能性が高いですね』

「やっぱりそう思いますか？」

『ええ。普通は、予備知識なしであのストーリーのメモを見て、手記かもしれないとは考えないと思うんです。でも、元々池上さんの来歴をご存じで、それと重なる部分があるから「手記なのか芸術なのか、判断がつかない」という感想になったのなら、辻褄《つじつま》が合います』

「福元さんは、なぜ嘘をついたんでしょうか？」

『僕にも真意は分かりません。……ただ、ひとつ事実としてお伝えしておきたいのは、この部屋の募集条件は、福元さんが大損をする可能性が高いということです』

涼子は驚いたが、泉の説明ですぐに納得した。

『クリーニングなしの残置物引き取りで、四万円以上も割り引くメリットがないんです。一時的には処分費用が浮きますが、一年も住めば、減った家賃収入が処分費用を上回りますので、長く住めば住むほど損をしていきます。それに、残置物込みのほうで契約したとしても、入居後に捨ててしまえば作品は残らないわけですから、この募集条件にはあまり意味がありません』

「思ったより話が複雑ですね……。ちなみに、入居できるまでどれくらいかかるんですか？」

『このまま相続人が見つからなければ、一年近くかかります。でも、もし相続人がいれば、裁判所の手続きなどは必要なくなるので、年度内にギリギリ間に合います。そのための藤堂です』

雨でびしょ濡《ぬ》れになった藤堂と泉の会話を思い出す。泉は、司法書士の元へ行けと言った。

「泉さんは、相続人はいると思いますか？　わたしは、法律の専門家が調べて見つからないなら、いないいないんじゃないかと思うんですけど」

『僕も普段なら、いないと判断します。でも今回は、意味深な言葉を遺して亡くなっていますからね。「魔法の箱が開く」――このあとに続く言葉が何なのかと考えると、「開くから、探してほしい」「中身を見てほしい」といった形で、何かを託す言葉になると思うので、司法書士でも見つけられない誰かがいると、僕は考えています』

泉の意見に涼子も納得できた。この異様な室内を作ったのも、ただのお絵描き趣味ではあり得ない。何か意味があるはずだ。

「わたし、謎解き続けます。この家賃で審査もゆるくて入学までに間に合いそうな物件なんて、多分他に見つからないですし、池上さんのことも気になるので」

涼子の決意を聞き、泉はほっとしたような声で答えた。

『承知しました。藤堂は小うるさい男ですが、仕事はできますのでご安心ください』

礼を言って電話を切り、家に向かって歩き出す。

ここまで深入りしてなお、まだ、このワケあり部屋に平気で住む自分はイメージできていない。ただ、この物件を逃したら、次に環境を変えるチャンスが来るのが、何年も先になることは分かる。

小学校入学前に引っ越せる確率が一パーセントでも上がるなら、指を咥《くわ》えて待っているよりは、謎に挑むべきだと思った。

前回の内見の帰り道、車に乗ってすぐ眠ってしまったことを、宗馬は相当悔やんでいたらしい。また泉くんの車に乗りたいとせがんでいると電話で伝えると、泉はたいそう喜んだ。

5

土曜日の昼下がり。高そうなチャイルドシートでがっちり固定された宗馬は、きょうも絶好調で、推理を披露している。

「きょうはね、魔法の箱を見るの」

「開けられそうですか？」

「ううん。開かないよ。だからナゾなの」

保育園の先生曰く、宗馬は不思議なことを全て、ナゾと呼ぶようになったらしい。クラス内でも推理ごっこが流行《はや》っているようで、何の影響なのかと先生が不思議そうにしていた——宗馬はそれもナゾだと言った。

部屋に着いてすぐに、泉はキッチンの床下収納から魔法の箱を取り出した。

受け取った宗馬は、慎重に蓋の隙間を見たり、壁の絵の中に魔法の箱がないかを探したりしている。

「宗馬くん、すっかり名探偵が板についてきましたね」

「マイペースで凝り性な子なので、気に入ったものはとことんなんです。昔から」

宗馬が推理をしている間、泉はプラケースの中を見ていた。

前回は家主に指定された引き出ししか開けられなかったが、柏原エステートがこの建物の管理権を得たことにより、業務の範囲内で見ることが許されるようになったらしい。

現在、司法書士が、法的に有効な遺言書の調査と、故人の全資産を記した財産目録の作成を進めている。その手伝いとして、内見のついでに軽く見てきてほしいと言われたそうだが、やはり福元に何らかの意図があるのではないかと勘ぐってしまう。

「ママ、これ、魔法の箱の絵かなあ？」

と言って宗馬が指さしていたのは、洋室と和室を隔てる壁の一角だった。

魔術師の老人が土下座のように倒れているシーンだが、よく見ると、その右手には煤《すす》けた箱らしきものが握られている。開口部が地面に押しつけられており、その下にはアリの巣のような地中が描かれていた。

絵画のルールを無視した、不気味な構図だ。しかし宗馬は真面目な顔で、絵と箱を見比べている。

「これ、魔法の箱、まっすぐじゃなくて、こっち向きに地面にくっつけるんだね」

「どこにくっつけるかは分かりますか？」

「分かんない。泉くんも一緒にさがそ」

　泉の手を引き、洋室を調べる宗馬を眺めつつ、涼子も部屋を見回した。

『非現実の王国で』の内容を踏まえて見れば、いままで気づかなかったことも分かるかもしれない。

頑張ろう、と思いながらふと洋室を見ると、宗馬がジオラマに指を突っ込んでいた。

「あ、こら！　ダメダメ触っちゃ」

慌てて駆け寄る涼子の顔を見上げながら、宗馬はのんびりした声で言う。

「これ、道。畳のお部屋に似てる」

「へ……？」

「ほら、道が四つでしょ。畳のお部屋にも道が四つある」

改めてジオラマを見ると、道はカーブしているものの、一本一本が丁字路になるよう時計回りに交差している。言われてみれば、四畳半の畳縁《たたみべり》のように見えなくもない。

「うーん、似てるかもね。でも、畳のお部屋は魔法の飾りになってないから……」

違うんじゃない、と言いかけたそのとき、和室側を向いていた泉が、ぼやくようにつぶやいた。

「あー……もう、不動産業者のくせに、なんで気づかなかったかなあ」

「ど、どうされました？」

涼子がおそるおそる声を掛けると、泉は心底申し訳なさそうに言った。

「ごめんなさい、僕、とてつもなく初歩的なことに気づいていませんでした。この和室『切腹の間』になってます」

「んー？　せっぷく、って何？」

「ええと、畳の並べ方なのですが……説明が難しいですね」

「わたしがかいつまんで話しますので、教えてください」

「助かります」

泉は苦笑いを浮かべながら、和室の中央、正方形の畳の上に立った。

「畳の敷き方は、同じ広さの部屋であっても、何通りもあります。通常、入口や床の間の方向を考慮して決めるのですが、縁起が悪いという理由でやってはいけない敷き方があるんです。これを不祝儀敷きと言います」

泉は体を反転し、畳縁をたどるように指差す。

「不祝儀敷きの中でも特にやってはいけないのが、四畳半を卍《まんじ》形に並べる、切腹の間という敷き方です。江戸時代に武士が切腹する部屋で用いられていたという噂があり、真偽はともかく縁起が悪いということで、避けられています。プロの畳屋や施工会社が、この敷き方をするのは考えにくいです」

「……ということは？」

「池上さんがご自身で並べ替えたと見ていいと思います。そして、ジオラマの道もこれに合わせて作ったのではないかと」

理解はできたが、子供にどう説明するか……と考えていたところで、宗馬が和室に入っていった。そして、泉の足元にしゃがむ。

「森の道とおんなじってことでしょ？　なら、ここ、これ。魔法陣はここだよ」

そう言って、真四角の畳の中央から左上部分を指差した。

そして絵と同じように、開口部を下にして畳につける。

ガチャッと鍵の回る音がしたのと同時に、箱の中からバサバサとものが落ちた。

「あいたー！」

涼子が呆気《あっけ》にとられるなか、泉は宗馬に手渡された箱を見て、納得したように言った。

「なるほど、スマートキーですね。通常は玄関ドアのシリンダー錠にかぶせて、スマホやカードキーをかざして開けられるようにするものですが……ほら」

見せられた箱の内側には、がっしりとした金属の器具が取り付けられていた。

「箱が玄関側なんです。ということは、この畳の下に、カードキーが仕込んであるのだと思います」

「畳を上げることってできるんですか？」

「物理的にはできますけど、それをしていいかは福元さんに聞かないとですので、まずは中に入っていたものを見てみましょうか」


魔法の箱は実質、貴重品をまとめた金庫だった。

パンパンに膨れたリフィル式の手帳と、しっかり糊付《のりづ》けされた茶封筒、ジップロックに入った複数の通帳、そして小さな鍵。茶封筒には『久保《くぼ》雅代《まさよ》様』と書かれている。

泉は福元に電話を掛け、大至急、司法書士に調査してもらいたい旨を伝えた。

「この茶封筒は遺言書の可能性が高いので、裁判所で、検認という手続きを取っていただくことになりました。検認が済むまでは封を開けられないので、通帳の袋と一緒にこのまま司法書士の先生にお渡しします」

「手帳はどうですか？」

「こちらもお渡しする予定ですが、幸い留め具がなく開いている状態ですので、いま僕が、調査のお手伝いとして軽く見る分には問題ないそうです。ただ、涼子さんにはお見せできないので、解読はお任せいただいてよろしいですか？」

「はい、お願いします」

大人が難しい話をしている間、宗馬は機嫌良さそうに「せっぷくのま、せっぷくのま」と繰り返し口にしていた。

語感が気に入ったのか、縁起の悪い言葉を繰り返しているのを見て、笑ってしまう。

「宗馬、それ、保育園で言わないでね」

「内緒なの？」

宗馬が尋ねると、泉は笑顔でうなずく。

「魔法の暗号なので、内緒にしましょう」

「これ、鍵は？」

「おうちの中に置いておいてほしいみたいなので、魔法の箱に戻しましょうか」

長さ五センチほどのこの金色の鍵がなんなのかは、泉にも分からないらしい。差し込み部が突起ひとつで、つまみ部分も輪っかというシンプルな形状から、おもちゃである可能性が高いと言う。

「僕は手帳の内容を確認しますので、おふたりはこちらをご覧になっていてください」

と言って宗馬に手渡されたのは、『非現実の王国で』の解説図録だった。

「あっ。これ、わたしもネットで見つけたんですけど……すごく高い本ですよね？　宗馬に触らせて大丈夫ですか？」

「ええ。この部屋の謎が解けたら、宗馬くんに差し上げますので。もし解けなかったとしても、僕の蔵書になるだけですから、おかまいなく」

笑顔の泉を見ながら、これもまた、いざとなったら悪者になるという優しさの一環なのかなと思った。

「動物さん、似てないね」

宗馬は図録と壁を見比べながら言った。

「そう？　ママは似てるかなって思ったけど」

「全然違うよ。こっちはねこちゃんのお顔が大きいけど、池上さんのねこちゃんは足が長いから違う」

涼子にとっては、どちらも奇怪な生物で同じに思えるが、子供の目線で見ると印象は異なるようだ。

「池上さんはまねっこしてないよ。全部、池上さんが考えたんだよ」

宗馬は図録の中に蝶を見つけ、トイレに描かれた池上の蝶と比べると言って、部屋を出ていった。

張り切る背中を見届けたところで、泉が涼子のそばに寄り、小声で言った。

「涼子さん。これ、ヘンリー・ダーガー展のチケットです」

泉の右手には、色褪《いろあ》せた細長い紙切れが握られていた。手帳の裏表紙のポケットに差し込んであったという。

「どうやら、入居された年の五月に、カリヨンという都内のギャラリーで開催された展覧会のようですね」

「プラケースの中のメモにあった『切符』って、これのことでしょうか？」

——姫の横顔を見る　切符を手にして　魔術師が愚者となる
「僕はそう思います。あとは、チケットの日付で分かったこともありますね」

泉はドアの枠を軽く叩きながら言った。

「池上さんは、作品制作ありきでこの部屋を借りた可能性が高いです」

「制作ありき、とは？」

「たまたま引っ越した先で作り始めたのではなく、作品の舞台としてこの部屋を選んで制作を始めた、ということです。定年間近で家族のいない方の部屋選びとして、家賃十万円の2Kアパートって、少し違和感があるので」

泉曰く、この条件は『節約重視でも居住性重視でもない、中途半端な選び方』なのだという。

「五十九歳で、単身でのお引っ越し。退職後の年金生活を見据えて節約を重視するなら、年間一二〇万円も出して二部屋ある物件に住むのは無駄なので、ワンルームか1Kで、もっと安いところを選ぶはずです」

「それはそうですよね。ひとり暮らしで二部屋って、贅沢《ぜいたく》ですし」

「はい。このことから、池上さんは、ダーガーのような赤貧生活ではなかったと推察されます」

これは涼子にとって意外なことだった。慎《つつ》ましやかな生活を送っていたのが、金銭的な理由だと思っていたからだ。

「堅実な企業に長年勤めていたのなら、貯蓄や退職金などで、それなりに資産はあったのではないかと思います。厚生年金なら月々の支給額も高いでしょうし」

「アルバイトもなさっていましたもんね」

「ええ。ですので、節約重視説は捨てて『余裕があるから、家賃はケチらずに、寝室と生活スペースが分けられる二部屋の物件を選んだ』……と言いたいところなのですが、それも微妙です」

「なんでですか？」

「2Kって、扉が多いんですよ」

泉の視線につられて室内を見回すと、確かに扉が多い。トイレや浴室も加えればキッチンに面したドアが四つあるし、洋室と和室の間にも引き戸がある。

「高齢の方が居住性を重視する場合、体が不自由になっても問題ない動線の良さが肝になるので、同じ広さなら1DKのほうが暮らしやすいです。2Kではキッチンと生活スペースの間に無駄な壁とドアがひとつ挟まりますが、1DKなら、寝室を分けつつ生活スペースがひと続きで済みますから、負担が少ないです」

「確かに……そう考えると、十万円も出せて選択肢が多いなら、あえて2Kを選ぶのには少し違和感がありますね」

「池上さんは、一般的な感覚ではない、独自の価値観でこの部屋に決めた。それが何なのかを突き詰めると、描ける壁が多い2Kが、作品舞台に適していたのではないかと思いました」

涼子が納得したところで、図録を抱えた宗馬が戻ってきた。そして、泉が持っている手帳を指差す。

「泉くん。それ、絵のお話書いてあったでしょ？」

「はい、詳しいお話の内容が書いてありました。どうして分かったのですか？」

「だって、この本も、絵の中じゃないところに字があるから」

宗馬の得意げな顔を見て、泉はうれしそうに笑った。

「やっぱり宗馬くんは名探偵ですね。手帳には他にも、思いついたことのメモや、日記、絵のラフ描きもありました」

「らくがき？」

「ラフ、です。練習の絵みたいなものかな。あとは、その本の絵を描いたヘンリーさんというおじいさんの調べものもありました」

泉が手帳のページをめくって見せると、どのページも隙間なく、文字やイラストが詰め込むように書かれていた。

「えー？　池上さんは、ヘンリーさんのまねっこしたの？」

「まねっこはしていないですよ。でも、ヘンリーさんが好きで、こういうものを自分でも作ってみたいと憧れていたかもしれません」

泉の説明で、宗馬は納得したようだった。「らふがき、あこがれ、せっぷくのま」とつぶやきながら、部屋中を回っている。

「手帳の内容は制作に関わるメモがほとんどですが、たまに日常の日記が入っていたので、池上さんの来歴はおおよそ摑《つか》めました。手帳の一行目には『この静かで賑《にぎ》やかな二間を終《つい》の住処《すみか》とし、この仕方の無い人生を表現してゆこう』とあります」

「仕方の無い、とは？」

「この作品のストーリーがダーガーのように自分の人生経験を反映していると仮定すると、分かるかもしれません」

泉は部屋を見回しながら、この作品の壮大なストーリーを語り始めた。

『分たれた愛と魔術師の夜』と題されたこの作品は、消えた幼い姫と従者を捜す魔術師の、四〇〇年に及ぶ奔走の話だ。

物語は、魔術の研究が全てだった若かりしころの魔術師が、幼い姫と従者に出会うところから始まる。魔術師の住む森に迷い込んできたふたりを保護し、古い小屋で三人は生活を共にし始めた。

当時、この森を含む広大な領地を治めていた王家一族は、先代国王の死を機に、国民を支配する恐怖政治に傾いていた。その元凶は、新しく王座についた年若い国王――つまり、姫の実父だった。

傍若無人に振る舞う国王から姫を守るため、従者は誰にも告げず、姫を連れて城を出る。そして魔術師と出会った。

魔術師はずっと独りで森に住んでいたため、城のことは分からない。ただ、ふたりに不自由な思いをさせないためには、おいしい食事や寝心地のよいベッドを用意しなければならないと考え、人の傷を癒やす魔法の研究に没頭した。

最初は幸せだった。実父からの愛情を知らない姫は魔術師に懐き、疲弊しきっていた従者も生きる気力を取り戻していった。魔術師はさらなる幸せを求めて、研究に没頭してゆく。他の国民も救えれば、姫はもっと幸せになれる。

そう信じていた矢先、突然、姫と従者が消えた。

森の中を捜してもいない。魔術師は生まれて初めて森を出て城下町に足を踏み入れるが、そこにもいない。いつしか領土は森に覆われ、太陽が消え失《う》せ、夜だけの世界になる。

四〇〇年の奔走の中で、魔術師は何度か、姫の姿を目撃している。しかし姫はいつも赤い光を放つ魔法陣の中に閉じ込められており、魔術師が手を伸ばす直前で魔法陣ごと消えてしまう。

姫はずっと幼いままだった。二〇〇年を過ぎたころには、従者は行方知れずになってしまった。それでも魔術師は、姫を捜し続けていた――。

「涼子さんはこの話の筋書き、どう思います？」

「ええと……魔術師が池上さんだとすると、子供をずっと捜しているということになりますよね？　その子が久保雅代さんなのかなと思いました。人の傷を癒やす魔法の研究が、医療機器メーカーでのお勤めを表している気もします。従者や国王というのはよく分かりませんが」

「従者が女性だと考えるとどうでしょうか？」

「あ。シングルマザーの女性とその連れ子ということですか？　国王は、元夫？」

「僕はそう読み取りました。DVやハラスメントから逃げてきたことを表しているのかな、と」

涼子自身の経験を重ねると、暴君から子供を守るために逃げるというストーリーは、辻褄は合っているように思えた。ただ、違和感もある。

「女性は国王の妻ですから、従者ではなく、王妃になりませんか？」

「そこは謎ですね。赤い魔法陣が何を表しているのかも分かりません」

ふたりが考え込んでいると、インターホンの音が響いた。そしてキッチンのほうから、宗馬がはしゃぐ声が聞こえる。

「おじちゃん、こっちこっち！」

宗馬に手を引かれて現れたのは、福元だった。

「遅くなってすまないね、商工会の集まりが長引いてしまって。見つかったものはどこに？」

「その箱の中です」

「おお、開いたのか！」

聞けば、この箱をキッチンの床下収納から見つけたのは福元で、何度も解錠を試みたが、ダメだったそうだ。

福元の嘘が頭をチラつく。もしかしたらこの家主は、ここに預金通帳などが入っていることを知っていて、財産目的で泉に依頼したのではないだろうか。自分で開けられないから、謎解きが得意な不動産屋を泳がせていたのでは……。

涼子はそんな疑念を抱き始めていたのだが、泉から話の概要を聞き終えた福元の言葉は、予想とは違うものだった。

「まず、君たちに謝らなくてはならないことがあるね。この部屋のことを知らなかったというのは、咄嗟についた嘘だ。騙《だま》すようなことをしてすまない」

深々と頭を下げられて、涼子は慌てて止める。

「何かご事情があったんですか？」

涼子が尋ねると、福元は神妙な顔でうなずいた。

「部屋のことを話すとなると、池上さんの個人的なことまで明かさなければならなくなるからね。内見のお客さんや、依頼したばかりの不動産屋には言えないと思ったんだ。……でも、宗馬くんを連れて何度も足を運んでくれているのを見て、腹が決まったよ。知りたいことはなんでも聞いてほしい」

横目で様子をうかがうと、泉は黙って小首をかしげるだけだった。初手は任せた、ということなのだろう。泉は宗馬を和室に呼んで抱きかかえた。

「福元さんは、池上さんのご事情を、どのくらいご存じなんでしょうか。わたしは作品のストーリーをうかがって、生き別れた娘さんをお捜しだったという印象を受けたのですが」

「うん。池上さんはずっと、マサヨさんに会おうとしていたよ」

福元は箱の中から茶封筒を取り出し、宛名を見つめながら「こう書くのか」とつぶやいた。

「前にも言ったとおり、池上さんとは何度かふたりで呑みに行ったことがあって、まあ、私の気まぐれに付き合ってくれた形かな。ほどよく呑んで気持ちよく帰るタイプの人だったけども……ある年の更新で挨拶に来てくれたときに、呑みに行くことになって、その日は珍しく池上さんが深酒をして、雅代さんの話を聞いた」

「雅代さんは、池上さんの娘さんなんですか？」

「いや。池上さんが若いころに付き合っていた人の連れ娘《ご》だそうでね。血の繋がりもないし、結婚していないなら、養子にもなっていないだろう。言ってしまえば赤の他人だ。でも、池上さんは雅代さんのことが忘れられないと言っていた」

　池上と女性が出会ったのは三十代半ばのころで、同僚に連れられて行った飲み屋で、従業員として働いていた女性と親しくなり、恋仲になった。四歳の娘がいるが、夜の仕事の間は家に置いてきていると言い、それはいけないということで、池上の自宅に呼ぶ形で同居を始めたという。

「雅代さんはよく懐いたようだし、夕方から働きに出る母親に代わって、風呂に入れたり寝かしつけたりねえ……そりゃあ情も湧くだろう。でも、彼女に別の好きな人ができて、半年もしないうちに雅代さんを連れて出て行ってしまった。そこからはずっと独りだと言っていたね」

作中で、女性を王妃ではなく従者とした理由が、なんとなく分かった気がした。池上にとって女性は、雅代を自身の元へ連れてきた存在だったのだろう。あるいは、女性には未練がないことを表すために、あえて王妃とはしなかったのかもしれない。いずれにせよ、池上にとって心残りなのは雅代だけだった。

「福元さんが池上さんの制作を知ったのはいつなんですか？」

「最初から知っていたよ。入居希望の段階で、この部屋に装飾をして暮らしてもかまわないかと聞いてきたから」

「装飾と呼ぶにはかなり大掛かりですけど……」

「まあ、年齢的に、長く住んでくれるだろうと思っていたからね。どのみち退去時にはあちこち直すことになるから、好きにしてくれたらいいと思っていたよ」

福元自身、法定点検の立ち会いのたびに、少しずつ増えていく絵やジオラマを見るのが楽しみだったという。

「最初は、少し変わった趣味を持った人なんだと思っていたが、雅代さんの話を聞いてからは、孤独を紛らわすためにやっているのかなと思い直した。……しかし、いま物語を聞いて、また印象が変わったね。池上さんは私が思っていたよりも切実に、雅代さんに会いたかったんだ」

　壁のどこにも描かれていない、幼いままの姫のことを思う。池上が三十代のときに四歳だったのなら、四十年以上経った現在は、当時の池上の年齢を越しているはずだ。それでも池上の中の雅代は、四歳の女の子で止まっていた……。

　涼子が考え込んでいると、泉は宗馬を抱えたまま、福元に尋ねた。

「先ほど、池上さんは雅代さんに『会おうとしていた』とおっしゃっていましたが、雅代さんの所在地をご存じだったのでしょうか？」

「住所は知っているようだったよ。ただ、何度か会いに行ったが、いまさら出てきても迷惑かもしれないと遠慮してしまって、話せなかったと」

　泉はしばし何か考えたのち、福元に言った。

「その茶封筒の中身が久保雅代さんへの遺言だと仮定すると、雅代さんのご住所や生年月日まで明記してあれば、それは法的に有効な遺言書になり、久保雅代さんは正式な相続人になりますね」

「そうだね。あれだけ雅代さんのことを気にかけていた池上さんのことだから、きっと何かしら遺しているはずだと思ったんだが、見つけられなくてね。困っていたところで柏原くんの噂を聞いて……ちょっと私も、夢を見たくなったんだよ。推理小説に凝っていた学生時代を思い出したというか。池上さんのような才能はなくても、本物の探偵が拝めたら、良い余生じゃないか？　ははは」

場が和んだのを察したのか、宗馬が泉の腕から降りて、ぽんぽんと畳を叩いた。

「おじちゃんあのね、ここにね、魔法の箱の鍵があるの。でも、取れないの」

「うん……？　どういうことかな？」

泉は、魔法の箱の仕組みと、畳の裏にカードキーが仕込まれている可能性があることを説明した。

「それはおじちゃんも気になるねえ。池上さんがどんな工夫をしたのか見てみたいところだけども……ちょっと雅代さんが見つかるまではできないかな。司法書士という偉い先生から、見てもいいと言われてからじゃないとできないんだ」

「じゃあ、このちっちゃい鍵は？」

「それもおじちゃんには分からないな」

「そっかあ」

福元は、しょんぼりする宗馬の頭を撫でながら励ます。

「宗馬くんは名探偵だからね。きっと魔法の鍵の秘密も分かるさ」

「ママと泉くんも、名探偵だよ」

「三人も名探偵がいるなら、おじちゃんは安心だ」

福元は笑ってもう一度宗馬を撫でたあと、おもちゃの鍵以外の貴重品類を持って、部屋をあとにした。

帰りの車中、宗馬のおしゃべりが止まらなかった。

大人の話を黙って聞いていた反動だろう。溜めに溜めていた考察を興奮気味に話して、突然寝た。

電池切れを起こしたスマホのように、突然ぷつっと話が終わったので、涼子は思わず噴き出した。泉もなかなかの声量で笑ったのに、宗馬は起きなかった。

「はあ……僕はもう、宗馬くんの言動の全てが可愛くて。池上さんが雅代さんを可愛がった気持ちも分かります」

「そうですね。……でも、その過去の寂しさを抱えながら長年制作をしていたのかと思うと、少し気の毒にも感じます」

赤信号で車が止まる。あと五分ほど直進すれば自宅近くのコンビニに着くというところで、泉がウィンカーを上げた。

「もう少しだけ、ドライブしませんか？」

「え……？　っと、かまいませんけど」

泉はハンドルを抱えて少し身を乗り出し、左右を確認しながら言った。

「僕はあの封筒の中身は、正式な遺言書だと思います。なので、封を開ければすぐに久保雅代さんに連絡がつくはずです。検認にかかるのは一ヶ月程度ですので、このますんなりいってくれれば、三月のご入居にギリギリ間に合わせられます」

「それはよかったです」

「すんなりいけば、ですよ」

世田谷特有の一方通行だらけの道を進みながら、泉が尋ねる。

「涼子さんは、相続放棄という制度をご存じですか？」

「聞いたことはあります。親の遺産を引き継ぎたくないときなどにするものですよね？」

「はい。亡くなった方が借金を抱えているとか、親とは長年疎遠なので関わりたくないといったときに、相続放棄を選択されることが多いです。それで……まあ、普通にいったら、雅代さんは放棄すると思います」

確かに、自分がその立場だったら、拒むだろうと思った。

突然知らない人から『あなたに遺産があります』なんて言われても信じられないし、

幼少期に半年一緒に居ただけの母親の恋人なんて、覚えていない可能性もある。

「僕は、遺言書が開封される前に久保雅代さんを捜し出して、相続していただけるよう説得したいです」

「そんなことできるんですか？」

「手がかりは、ヘンリー・ダーガー展のチケットと、日記にあります。のちほど日記の内容をＬＩＮＥでお送りしますので、ご検討ください」

部屋の中を埋め尽くす、池上の描いた一本一本の線を思い出す。池上が作っていたものは、幸福だったときの懐古ではなく、失ってから始まった物語だ。

旅の途中を描き続けた池上は、どんな完成図を思い浮かべていたのだろう。亡くなる前に雅代に会えていたら、あの話はハッピーエンドだったのだろうか？

6

翌日、日曜。目を覚ますと、早朝に泉からのＬＩＮＥが届いていた。

［日記の内容をまとめてお送りします。制作アイデアの間に、たまに入っていたものです。メモを取っていないので、細かい言い回しは少し違うかもしれませんが、記憶にある範囲で書きました。お手すきの際にお読みいただけましたら幸いです」

その後に続く、買いすぎた日のレシートのような長文を見て、涼子は舌を巻く。記憶力がすごすぎるし、送信時刻が三時四十七分ということは、店を開けている二時間でまとめてくれたのだろう。

涼子はありがたく思いながら、ゆっくりと読み始めた。

2００X年10月5日
この静かで賑やかな二間を終の住処とし、この仕方の無い人生を表現してゆこう。
2００X年3月29日
ヘンリーダーガーの映画を観《み》に渋谷《しぶや》へ。単館。
まだあったかと懐かしい。街並みは変っていた。
2００X年3月31日
定年。花束を貰《もら》った。義理か慣例かも知れないが、
寂しくなりますと云われて、私も少し感傷的になった。雅代はどうしているか。
2００X年9月25日
家の契約を更新した。福元氏に部屋を見せた。続けてよい。
2０1X年11月1日

シルバー人材センターへ。病院清掃　月・木・金　6時から11時半迄《まで》
201X年2月3日
閉館後、雅代が出てくるのを待った。
3年前より少し脹《ふく》よかになっていた。話し掛けられず、家の中に入ってゆく迄を
見届けた。姓は久保。
（※杉並区《すぎなみ》永福町《えいふくちょう》の住所が書いてありました。個人情報のため省略）
201X年5月8日
同僚の葬儀。気丈に振る舞う妻と泣く子供らが頭に残った。
雅代も立派に妻をしているか。
201X年9月12日
家の更新へゆき、福元氏の行き付けへ。喋《しゃべ》り過ぎた。雅代に会いたくなった。
遺言書を作る。偶《たま》に書き換える事にする。
201X年3月30日
古稀《こき》を迎えた。雅代はまだあの家にいるだろうか。遺言書を書き換える。
見付からない方が良いだろうが、書くのは赦《ゆる》して欲しい。隠し方を考える。
201X年10月6日

押入から懐しい鍵を見付けて筐《はこ》に入れた。これがカリヨンの鍵であって欲しい。

202X年9月22日

家の更新。もう14年。壁の余白が減ってきてしまった。

手をつけていない和室に取り掛かる。アクリル板を注文する。

202X年9月15日

カリヨンへ。まだ勤めていた。声は掛けられず、美術好きの年寄りを演じた。

202X年3月20日

雅代に会いたいと思う。遺言を書き換えた。会っても話す事が無い。

会いたいのではなく、会いたいと思う事が好きなだけか。

読み終えた涼子は、天井を仰ぎ息を吐いた。

この世界から人格を持った人間がひとり消えることの重みを感じる。

埋めようと思えばすぐに埋められる余白を『減ってきてしまった』と記したのは、やはり、姫と再会できるラストシーンの舞台を残しておきたかったのだろうか？

長文の下、吹き出しを分けた泉のメッセージを読む。

［日記は半年に一度くらいの頻度で数行挟まる程度ですが、その間の制作メモはびっ

しり書いてありました。数年途切れている間は特に、詳細なストーリーを考える期間だったようです」

どう返事をしようかと考えていると、リビングでテレビを見ていた宗馬が、自室に戻ってきた。時計を見ると九時半で、子供向け番組帯が終わったようだ。

「ママ、きょうはのんびりの日?」

「うん。ちょっと疲れちゃったからおうちに居ようかなと思ってたけど。どこか行きたいの?」

「雅代さん。捜しに行きたい」

まさかの話題に驚く。車中ではぐっすり眠っていたと思っていたが、聞いていたのか。

「泉くんも一緒で行きたい」

「いま忙しいかも。他のお客さんもいるから、毎日行ったら迷惑になるでしょ?」

「じゃあ、お電話して。お客さんいなかったらでいいの。お客さんいたらやめる」

普段は無理だと言えばすんなり引き下がる性格なのに、あの部屋のことになると、そう簡単に諦めてくれない。

申し訳なく思いつつ電話を掛けると、いつもより長い十コールほどで繋がった。

「おはようございます、西澤です。いまお電話大丈夫ですか？」

『ええ、大丈夫ですよ。僕も涼子さんにお話ししたいことがありました。ＬＩＮＥをお読みいただいたんですよね？』

「はい。詳しく書いていただいてありがとうございました」

「ママ、泉くん出た？」

涼子は口に人差し指をつけて、二度うなずく。

『僕は、雅代さんがヘンリー・ダーガー展を開催していたギャラリーのスタッフだと思っています。出てきたチケットの展覧会で雅代さんを見かけたのがきっかけで制作を始めたと考えると、物件への入居時期と、その後の日記の時系列にも合うので』

「わたしもそう思います」

『調べてみたところ、ギャラリーは南青山《みなみあおやま》の「貸しギャラリー・カリヨン」です』

「あ、カリヨンって池上さんの日記に出てきましたよね」

――押入から懐しい鍵を見付けて筐に入れた。これがカリヨンの鍵であって欲しい文面だけ見ると、魔法の箱に入っていた鍵は貸しギャラリー・カリヨンのもので、池上が何らかの形で入手し、押し入れにしまい込んでいたことになる。

しかし、いくら会いたくてもそんな窃盗は働かないだろうし、そもそもあれはおもちゃの鍵だ。

『開催中の展覧会が本日最終日らしいです。展示物の入れ替えで来週は休業するそうなので、行くならきょうか、再来週になります』

遺言書の検認が終わるのが約一ヶ月後。相続放棄しないよう説得するために何度か通う可能性も考えると、再来週では遅いように思う。

『きょうのところは僕が行って軽く事情を話してきますので、涼子さんは……』

「行けます、きょう」

宗馬は目を輝かせて、涼子の腕を掴む。

「雅代さん、会えるの？」

「会えるかは分からないけど、行ってみよっか。泉さん、宗馬も連れて行っていいですか？」

『もちろんです。僕は取りに行きたいものがあるので、一旦物件に寄ってからお迎えに上がりま……あれ、広臣？　え、なんで、……ちょっと失礼』

保留音が流れたあと、再び繋がった瞬間、早口の声が聞こえてきた。

『お世話になっております、藤堂でございます。またうちの者が無茶を申しているようで、お手数をお掛けし申し訳ございません』

「とんでもないです。こちらこそ、連日社長さんにお越しいただいて恐縮です」

『いえ、コレはお客様をご案内しないと死ぬ病を患っているようで、もう諦めておりますからどうぞおかまいなく。……それで、西澤様にお伝えしたいのは、久保雅代さんについてです』

「何か分かりましたか？」

『司法書士と連絡を取りました。ここまでの調査を洗い直してもらいましたが、やはり、久保さんという方は法定相続人の中にはいません。そして血縁も生前の交流も無い人物となると、十中八九放棄されるから、期待するなと釘《くぎ》を刺されました』

「藤堂さんもそうお考えですか？」

『いえ、私はそうは思いません。池上さんの預貯金を確認したところ、退去に関わる費用を全てそこから出しても、久保さんが受け取れる金額は三〇〇〇万円以上あります。諸手続きのサポートは私が行いますので、負担は少ないとお伝えするように柏原に言い聞かせました。間違っても妙な方向で情に訴えかけたりするなと、強く強く言い聞かせておりますので。どうかお願いいたします』

司法書士は、相続放棄をされる前提で、手続きを進めようとしているという。

それがきっと現実的なのだろうが、それでも涼子は、泉の言う『魔法の箱が開く』

のあとに続く言葉があったという説を、信じたいと思う。

昼過ぎにいつものコンビニで待ち合わせをし、貸しギャラリー・カリヨンへ向かう。

公式サイトを見たところ、本日の展示は美大生のグループ展で、漫画寄りのポップアートや、触れるオブジェもあるらしい。宗馬が退屈しなそうで安心だ。

おしゃれなカフェやセレクトショップの並ぶ路地を進み、こぢんまりとしたビルの三階へ上がる。ガラスドアの向こうは、明るくライトアップされた白い空間で、カラフルな絵やオブジェが展示されているのが見えた。

泉の先導で中に入ると、その場にいた若者たちの視線が、一斉に宗馬に集まった。

「わあ、ちっちゃいお客さんだ！」

「こんにちは。よければこちらの芳名帳に、お名前書いてもらっていいですか？」

奇抜なファッションの若者に囲まれて、涼子は少し戸惑う。泉が人当たりのよい笑みを浮かべて対応する間、宗馬は女子学生の質問に答えていた。

「お名前なんていうの？」

「そうま」

「何歳？」

「五歳。保育園のすずらん組だよ」

「すずらん組さんかあ。どれか見たいのある？

「触れるおもちゃもあるよ」

「んーとね。雅代さんとお話ししに来たの」

涼子はギョッとして足元を見た。そしてすぐに、宗馬へ口止めしておかなかったことを後悔する。展示を観に来たわけではないのが失礼すぎるし、いきなり名前を出して、相手に警戒されてはたまらない。

「マサヨさん……？　あ、久保さんか。親戚の子かな？」

「んー。ぼく、池上さんのおうちに住むの」

助けを求めるように泉を盗み見ると、三人分の記名を終えた泉は笑っており、その笑顔のまま受付の男子学生に説明を始めた。

「突然申し訳ありません。久保雅代様にお会いしたく参りました。いま、いらっしゃいますか？」

「奥にいますよ。呼んでくるんで、ちょっと待っててください」

涼子は泉のそばへ寄り、いきなり引っ掻き回してしまって」

「ごめんなさい、いきなり引っ掻き回してしまって」

「いえいえ、手間が省けてよかったです。下手に演技をして客を装うより、角が立たなくて済みますから。宗馬くんに感謝です」

ほどなくして出てきたのは、ショートカットの快活そうな中年女性だった。

池上の日記のとおり少しふくよかだが、さすが芸術関連の仕事をしているだけあり、モノトーンのワンピースと大ぶりのフープピアスがおしゃれだ――都心の洒落《しゃれ》たギャラリーに来られるような服を持ち合わせていなかった自分を、少し恥ずかしく思う。

「はじめまして。私、不動産業を営んでおります、柏原泉と申します。アポイントも取らず突然押しかけてしまい、申し訳ありません」

「不動産業者さん、ですか……？　ええと、このビルの所有者は当ギャラリーではありませんが」

「いいえ、久保様に個人的におうかがいしたいことがあり、参りました。物件の押し売りや投資話ではありませんので、ご安心ください」

雅代は涼子と宗馬を見て、泉の言葉を信じたようだった。

「立ち話もなんですので、奥の喫茶スペースでお話ししましょうか。奥様とお子様もご一緒に」

「え！　あ、違います。わたしは柏原さんに案内していただいている者で、西澤と申します。こちらは息子の宗馬です」

「ねえ、ママ。雅代さん、ほんとにお姫様だね。お洋服がお姫様みたい」

「ちょっと、宗馬。ストップストップ」

慌てて口を塞ぐと、キョトンとしていた雅代が口元を押さえて笑った。

「お姫様みたい？ ありがとう。宗馬くんには、一番おいしい特製カップケーキをご馳走《ちそう》しちゃおうかしら。皆さんどうぞ、お席でお待ちください」


久保雅代は、この貸しギャラリーのオーナー兼キュレーターだった。展覧会の企画や作品の蒐集《しゅうしゅう》、展示希望者の対応など、業務は多岐にわたるという。

泉は早速、本題を切り出した。

「おうかがいしたいのは、池上義夫さんという方のことです。久保様、この方のことはご存じですか？」

泉の問いかけに、雅代は大きく目を見開いた。

「はい、幼いころにお世話になった人です。でも、もう四十年以上前の話で、その後は交流もないですし、失礼ですがご存命かも知りません」

「実は、私が担当させていただいている賃貸物件にお住まいだったのが池上さんで、大変残念ながら、二ヶ月ほど前にお亡くなりになりました」

「……そうだったんですか」

　雅代の表情は、戸惑いが半分、悲しみが半分という様子だった。雅代の中に池上の記憶があったことに、ひとまず安堵《あんど》する。

「池上さんは生前、久保様のことをずっとお捜しだったようで、遺品の中から久保様宛の封筒が見つかりました」

「私宛に？　どうしてでしょう。池上さんとは、ほんの幼いころに、本当に少しの間一緒に暮らしただけなんですけど」

「遺品の中から日記も見つかりまして、久保様のことが忘れられず、会いたいという旨が長年にわたって綴《つづ》られていました。こちらにも訪問されていたようです」

　雅代の目が、さらに大きく見開かれる。

「私と話したと書いてありましたか？」

「いえ、話し掛けられなかったとありました」

「そうですか……。正直、池上さんのお顔はもう覚えていなくて、お客様も多いですから、気づかずにすれ違ってしまったのかもしれません。話し掛けてくださればよかったのに……」

　肩を落とす雅代に、宗馬がカップケーキを頬張りながら言う。

「池上さんは、お部屋におっきい絵を描いてたんだよ。ママ、見せてあげて」

涼子はスマホの写真フォルダを開きながら、軽く説明する。

「お住まいだったお部屋全体が、ひとつの作品になっているんです。ここからスクロールして見ていただけますか？」

雅代はスマホを手に取ると、「まあ」と声を上げ、口を半開きにしながらスクロールしていった。

最初は驚きの表情だったものが、徐々に真剣な眼差しになる。拡大したり、何枚かを比較したりしながら、作品の内容を観察しているようだった。

「……これはすごいです。熱量がすごい。場所によって画風が変わっていますし、長年にわたって制作を続けられたんでしょうね」

画風への指摘に、涼子は驚いた。素人目にはどれも同じ歪な絵で、違いは全く感じられなかったからだ。

「あのね。このお部屋の絵は、お話もあるんだよ。字で書いてあるの」

「そうなの？　見てみたいけど、それはあるのかしら」

「手帳はおじちゃんにあげちゃったからないけど、泉くんが覚えてるよ」

「おじちゃん？」

「アパートの所有者様です。先ほど申し上げた久保様へのお手紙も含めて、現在、司法書士に調査を依頼しております。そして、その久保様宛のお手紙が、遺言書の可能性がある……というのが、本日訪問させていただいた理由です」

雅代は事態が飲み込めていない様子で、何度もまばたきを繰り返している。

「遺言……？　私、池上さんとは血も繋がっていないですし、遺言をもらうような立場じゃないと思うのですが」

「池上さんは独身で、血縁関係の相続人がいらっしゃらないんです。それで、長年捜していた久保様に財産を託そうとお考えになったのではないかと思っております」

「ちょっと、ちょっと……ごめんなさいね。理解が追いつかないのだけど。池上さんが、私に遺産を渡そうとなさってたってことですか？」

「まだ断定はできませんが、その可能性が極めて高いです。封筒の中身が法的に有効な遺言書の書式になっていれば、久保様が相続人になります」

「どうして……？　全く心当たりがないですよ。お恥ずかしながら、私の母は付き合う男性をコロコロ変えるような人でしたから、恨まれこそすれ、遺産を遺そうなんて。しかも、母ではなく私に？　信じられません」

動揺するのは当然だ。こんなフィクションのようなことを言われても、すぐには呑み込めないだろう。

泉は鞄からタブレットを取り出し、雅代の前に置いた。

「こちらは、池上さんの手帳の内容を抜粋してまとめたテキストです。ご本人の手記と、作品のストーリーに分けています。お読みいただければ、池上さんのお気持ちをご理解いただけるのではないかと思います」

雅代はおそるおそる、タブレットを引き寄せる。

「日記のほうから、読ませていただきますね」

雅代は慎重にスクロールしながら、文章を読み始めた。

一〇分以上かけて、噛《か》み締めるように読んだ雅代は、ときおり涙ぐんでいた。

そして全てを読み終えたあと、もう一度涼子のスマホを見て、長く息を吐いた。

「よく分かりました。『分たれた愛と魔術師の夜』……良いタイトルです。作品も素晴らしいですし、日記の内容も、見えないところでずっと私の心配をしてくださっていたことが感じられました。感謝の気持ちでいっぱいです。……でも、ごめんなさい。私が池上さんの財産を引き継ぐのは、荷が重いです」

相続放棄の四文字が、頭をよぎる。司法書士はこうなることを予想していたし、すんなりとはいかないと、泉も言っていた。

本当は少しだけ、アートに感動して遺志を引き継ぐ気になってくれないかな、なんて期待もしていたが、現実はそう甘くない。

藤堂に言われた解決策が妥当だと判断した涼子は、ほぼ丸暗記のセリフを口にした。

「池上さんはかなり大きな額の貯金を遺されていたそうで、退居に関わる費用などを差し引いても、三〇〇〇万円以上あるそうです。手続きは不動産会社さんがサポートしてくださるそうですから、久保さんのご負担は少ないとおっしゃっていました。実際わたしも、とても親身になって相談に乗っていただいています」

資産があるから大丈夫。そう伝えたかったのだが、雅代の反応は真逆のものだった。

「そんな大金、いただくわけにいかないです。主人にどう説明していいかも分からないですし」

「そのあたりもサポートしていただ……」

「ご負担ですよね。分かります」

驚いて顔を上げると、泉は真面目な顔で雅代の目を見ていた。

「突然多額の財産が降ってきたら、ご家庭内の不和の原因にもなりかねませんし、幼少期にちょっと面倒を見てもらっただけの方に対する恩返しとして、七十年以上分の遺品の清算というのは、あまりに割が合いません」

涼子は内心、頭を抱えた。まるで相続放棄を勧めるかのようなことを、なぜこのタイミングで言うのか。

宗馬も異様な雰囲気を察したのか、不安そうに大人の顔を見比べている。

「手続きはもちろんサポートさせていただきますが、申請には、相続人ご本人の自署や身分証の提示が必要です。久保様ご自身が動かなければならないこともありますから、引き受ける以上は最後までやるというご覚悟がないと、後悔されると思います」

気まずい無言の時間が流れる。ギャラリースペースから聞こえる学生たちの声が和やかで、この空気がより重苦しく感じられた。

どう考えてもご破算になる未来しか見えない……と、涼子が諦めかけたところで、急に泉がふわっと笑った。

「池上さんは、こうなることをよく理解されていたんだと思います。だから、封筒に宛先も書かず、久保様に送ることもせず、魔法の箱の中にしまい込んでいたのではないかな、と」

そう言いながら泉が鞄から取り出したのは、魔法の箱と小さな鍵だった。

雅代は身を乗り出すように腰を浮かせ「あっ」と声を上げた。

「この箱、うちにあります。いえ……全く同じではないですね。よく似せてありますけど、こちらは池上さんのお手製かしら」

「はい。そしてこの鍵はおそらく、久保様がお持ちのオルゴールの鍵だと思います」

泉の発言を聞き、雅代はぽかんと口を開ける。

「どうしてうちにオルゴールがあると分かったんですか？」

「ギャラリーのお名前が『カリヨン』なので。アートギャラリーに楽器の名前をつけるのは珍しいなと思っていたところで、この魔法の箱がオルゴールを模している可能性に思い至りました」

一瞬話題についていけず戸惑ったが、すぐに、池上の日記を思い出した。

――押入から懐しい鍵を見付けて筐に入れた。これがカリヨンの鍵であって欲しい
雅代曰く、カリヨンとは、教会や塔などの建物にある鐘を鳴らす大きな楽器で、これを小さくしたものがオルゴールなのだという。

「私の家に幼少期から開かないオルゴールがあって、どこで買ったのかは覚えていなかったのだけど、素敵なので大切にしていたんです。それでギャラリーの名前につけたのですが……そっか、これは、池上さんがくれたものだったのね」

雅代は軽く微笑みながら、魔法の箱を手に取る。

「スマホの写真では気づけなかったですけど、本当に、よく似てる」

「泉くんは名探偵だから、なんでも分かるんだよ」

「いえいえ。謎を解いたのは宗馬くんです。お姫様、見つかってよかったですね」

「うん。でも、魔術師さんとはまだ会えてないよ」

宗馬と泉の視線が、雅代に向けられる。

「お姫様、もしよろしければ、夜の森にいらっしゃいませんか？　ひとつだけ、お姫様がいないと分からない謎が残っているんです」

「せっぷくのま！」

「あ、宗馬！　それ言っちゃダメって言ったでしょ」

慌てて たしなめる涼子を見て、雅代は噴き出した。

「お姫様って年でもないし、作品の運搬で鍛え上げられちゃってるからか弱くもないけれど、お邪魔しようかしら」

「ぜひ。お仕事が終わるころにまたお迎えに上がりますから、オルゴールを持って行って、みんなで開けましょう」

ギャラリーで美大生にたっぷり遊んでもらい、驚きの仕掛けのあるオブジェや見たことのないポップアートに触れて、宗馬は大満足だったようだ。

現在時刻、午後十一時過ぎ。宗馬は、シャトレーン千歳烏山一〇四号室の押し入れの中で眠っている。

天蓋風のレース越しに寝顔を見ていると、この部屋の絵や装飾を残したまま住むのも悪くはないと思えた。

はーとふるハウスでの集団生活からふたり暮らしになっても、この森の中ならきっと、寂しい思いをさせずに済む。

玄関から音がして振り返ると、笑顔の泉と、シンプルなセーターにデニム姿の雅代が入ってきた。首からデジタルカメラを下げており、感嘆の声を上げながら部屋を見回している。

「久保さん、遅くまでお仕事お疲れ様でした。ご足労いただきありがとうございます」

「最終日は大体この時間だから、全然。タクシー代が浮いて助かったくらいよ」

涼子は押し入れに片手を入れ、宗馬の体を揺すった。

「宗馬、起きて。雅代さん来たよ」

「ん……。まさよさん……？　あ、雅代さんっ。泉くん！」

目をこすりながら起き上がった宗馬は、寝起きとは思えない俊敏さで雅代の元に駆け寄り、和室へ引っ張っていく。

「ここ、これ。ここで魔法の箱が開くの」

畳を指差す宗馬を、雅代は目を細めて見つめ、うんうんとうなずく。

「藤堂経由で司法書士に確認したところ、畳を上げるだけなら、久保様が相続を検討しているのであれば問題ないとのことでした。家主様にも電話で許可をいただいています」

「畳と久保さんのオルゴール、どちらから見ますか？」

「まずは畳を上げて、魔法の箱の鍵を見てみましょうか。スマートキーがどんな仕組みになっているのか、気になります」

泉はポケットからマイナスドライバーを取り出し、畳縁の間に差し込んだ。

「てこの原理で簡単に上がりますので、ちょっと待ってくださいね。……っと。あれ？」

わずかに上げてできた隙間を覗き込んだ泉が、何やら楽しそうな声を上げる。

「ちょっとこれは、予想外ですよ。…………よいしょっ、と」

泉が上げた畳の下は、木の床板ではなく、透明なアクリル板になっていた。その下には、壮大な地下空間が広がっている。

「わー！　なんで、なんで？　ママ、森がある！」

泉が次々と畳を上げていくと、この四畳半の床下が丸ごと、巨大なジオラマになっていることが分かった。

「……すごい。おひとりで作ったなんて、信じられないです」

「これは見事ですね。軽量鉄骨の骨組みを活かして、階層が作ってあります。あ、あの砂漠、多分シロアリ駆除剤ですよ。雪山は乾燥剤だし。すごいなあ」

「ねえ、赤い魔法陣いっぱいある。姫はこの中であっちこっちしてたんだよ」

宗馬が床に張り付く横で、泉は裏返した畳を見て、さらに感心していた。

「なるほど。スマートキー、やけに反応がいいなと思っておりましたが、畳をくり抜いていたようですね。ほら」

泉が指差した真四角の畳は、一部が長方形に削ってあり、その中に白いカードが貼り付けられていた。

雅代は呆然《ぼうぜん》として立ち尽くしていたが、やがてカメラを構え、真剣な表情で床下を撮り始めた。そして、カメラのレンズを覗き込んだまま語る。

「さっき柏原さんから、最初に見つかった簡易ストーリーを聞いて、魔方陣の意味についてずっと考えていたの。『移動する赤い魔法陣　消えた幼いままの姫と従者』……赤であることに意味があるはずだと思っていたのだけど、これはきっと、血縁ね」

血縁──思ってもいなかった意外な単語が出てきて、涼子は驚く。

「どういうことですか？」

「血の繋がった家族じゃないから、魔法陣の中には踏み込めないってこと。そのあとの『王政が阻む　姫と魔術師に因果なし』というのも、戸籍上の問題を表していると思う。私が家庭を築いていることが、池上さんにとっては、踏み込めない頑丈な魔法陣だったのかもしれないけど……でもね、血なんて大した問題じゃないって思える愛情を、この作品から感じる」

しみじみとつぶやく雅代の横顔を見ながら、涼子も同じように感じた。

この作品は、血縁を超えた長年の想いの積み重ねでできたものだからだ。

「この大きな山に山頂がないのはなぜでしょう？　ほら、先っぽがないですよ」

泉が指摘したのは、ジオラマの一番奥にそびえ立つ山だ。途中で成長が遮られたかのように、アクリル板に断面がくっついている。

「ほんとだ。先っぽない。先っぽ……先っぽ……。あ！　ある！」

宗馬が指差したのは、洋室の隅にあるジオラマだった。単体で見ていたときは丘だと思っていたが、大きさも形も、この断面に合う気がする。

雅代はカメラをローテーブルの上に置き、ポケットから白い手袋を取り出した。

「移動しましょう。作品を動かすのは私にやらせて」

それなりの重量があるはずだが、雅代はバランスの取れる点を見極め、軽々とジオラマを持ち上げた。そして、山の断面に合うように下ろすと……。

「わー、お山できた」

アクリル板越しの箱庭だったものが、高さを伴う立体になった瞬間、壁の絵と調和した。

この和室は何もない空間ではなかったのだと理解する。

池上が思い描いた壮大なストーリーはここに詰まっていて、家中の装飾は、四畳半の世界のためにあった。この部屋が作品の本体だからこそ、池上は、洋室に家財を集約して暮らしていたのだろう。

「さて、オルゴールも開けてみましょうか」

泉が提案すると、雅代は待っていましたとばかりに、鞄からそれを取り出した。

「模様、魔法の箱とおんなじだね。でも、くるくるするところがある」

「そう。このハンドルがあるから、オルゴールだって分かっていたの。でも箱が開かないとハンドルが回らないから、どんな曲が流れるのかは私も知らないのよ。宗馬くん、鍵開けてみる？」

「ぼく？　開けていいの？」

「いいわよ。お姫様は見てるから」

雅代は冗談めかして笑いながら、宗馬の背中を軽く叩いた。泉から鍵を手渡され、宗馬は少し緊張した顔をする。

「あけるね」

そっと差し込み右に回転させると、鍵が回って蓋が開いた。中にはハンドルと繋がる金属の器具が付いている。雅代が手に取り試しにハンドルを回す。

「あ、鳴りそうね」

さらに数音を鳴らしたところで、何かに気づいたらしい泉が声を上げた。

「すみません。お部屋を暗くしてもよろしいでしょうか？」

「……？　かまわないけど」

泉が電気を消し、宗馬の隣に座る。

「お待たせしました。オルゴール、お願いします」

暗闇の中で雅代がハンドルを回すと、聞き慣れたメロディが流れてきた。

「泉くん。これ、『幸せなら手をたたこう』だよ」

「そうです。曲に合わせて手を叩いたら、楽しいですよ」

お馴染みの旋律が流れる。リズムに合わせて手を叩くと、ジオラマのLEDが明滅して、作品全体が浮かび上がるように輝いた。

「わあ！　魔法できた！」

「これはすごいアイデア……というか、……うん。池上さんは、私がここに来るのを信じてくれていたってことなのかしらね」

池上義夫が死に際に遺した『魔法の箱が開く』という言葉は、スマートキー仕込みの箱ではなく、幸せだったころに手渡したオルゴールを指していた。

オルゴールを持った姫がこの部屋に来て、リズムに合わせて手を叩き、ジオラマに息を吹き込む。これが『分たれた愛と魔術師の夜』の完成形だ。

一曲回し終えた雅代は、懐かしむように語った。

「ヘンリー・ダーガー展は、カリヨンをオープンさせて最初の企画展だったの。なんの後ろ盾もなくひとりで始めたギャラリーだから、ちょっと変わったことをしようと思って、あえてのアウトサイダーアート。周りにはうまくいかないって反対されたけど、初日にテレビの取材が来てくれて、とってもうれしかった」

「じゃあ、池上さんは、そのテレビを見て久保さんを見つけたんでしょうか？」

「かもね。当時の私、母と瓜《うり》二つだったし。それでウチに来てくれて、制作をしようと思ってくれたんだったら、私の第一回の展示は大成功だったたってことね」

泉が電気を点けると、雅代の目は真っ赤だった。そして、涼子も少し泣いてしまっていたことがバレて、恥ずかしい。

雅代はオルゴールの蓋を閉めながら、決意したように言った。

「私、相続します」

「本当ですか？　申し上げたとおり、手続きには手間がかかりますよ」

「池上さんが保管してくれていたチケットを相続したいの。お金は要らないから、アウトサイダーアートを推進しているＮＰＯに寄付しようかな。なるべく早く手続きするから、もし終わったら、ここに住んでもらえる？」

問いかけられて、宗馬は大きくうなずいた。

「うん。住む！　いいでしょ、ママ？」

「そうだね。久保さん、無事に入居できた折には、ぜひ遊びに来てください」

7

正月明けの朗報は、雅代が相続人だと確定したという知らせだった。

司法書士がほとんどの必要書類を集め終えていたため、その後の雅代の手続きもスムーズにいき、無事に賃貸借契約が解除された。

この部屋の全貌を知った福元はたいそう喜び、宗馬の入学時期に合わせられるよう、三月までの家賃を無料にしてくれた。

卒園までをはーとふるハウスで過ごしつつ、休日には部屋を訪れて、少しずつ準備をする。幸恵をはじめとしたママさんたちが手伝ってくれて、ついに本日、転居の日を迎えた。

「魔術師さーん。いるー？」

真新しいフローリングに頬をつけ、宗馬が呼び掛ける。

「何か聞こえた？」

「分かんない。ナゾだね。推理しなくちゃ」

ひとつだけ残念なのは、床下のジオラマが封印されてしまったことだ。アクリル板は強度が足りず、生活しているうちに割れてしまう可能性があるため、この部屋は和室から頑丈なフローリング敷に変更された。

リフォーム業者からは、ジオラマ自体がシロアリのエサになりやすいので撤去を勧められたそうだが、福元の強い意向により、万全の対策のうえ保存されているらしい。年に一度の床下点検の際には見せてもらえるということで、宗馬はずっとここに住みたいと言っている。

インターホンが鳴り、宗馬は飛び起きて玄関に向かった。

「泉くん！」

開け放ったドアから顔を出すと、スリーピースのスーツ姿の泉が、大きな花束を持って立っているのが見えた。

「お久しぶりです。宗馬くん、卒園おめでとうございます」

「ありがとう。これ、お花、くれるの？」

「はい。お祝いです。どうぞ」

涼子が荷解《にほど》きの手を止めキッチンに出ると、うれしそうに笑う宗馬の腕の中で、すずらんの花が揺れていた。

「涼子さん、きのうは動画をお送りいただいてありがとうございました。もう、宗馬くんが立派で、危うく夜中にひとりで泣くところでした」

「あはは……そう言っていただけてうれしいです」

室内に入ってきた泉は、すぐに、元和室の床と壁の境目を確認した。

「フローリングのリフォーム、壁の絵を傷つけずにできたようですね。腕の良い職人さんでよかったです」

「はい。壁と残置物の家具家電はそのままで、住ませていただくことにしました」

「となると、入居者は五十人以上と動物たちでしょうか。にぎやかそうですね」

「あちこちから視線を感じますし、落ち着かないですけど、その落ちつかなさが良いなって、いまは思っています。孤独に戦わなくてもいい、味方はたくさんいる、って思えるので」

運び込んだ段ボールの少なさも、もう恥ずかしくない。一般的な家族の形とは違っても、自分なりに正しいと思えることを積み重ねていけば、子供は育っていく。

部屋の謎解きを通してぐんぐんと考える力を伸ばしていった宗馬の成長ぶりを見て、そう確信したのだ。

ダーガーの図録を抱え、真新しいランドセルを背負った宗馬が、泉の脚にしがみついた。

「見て。ぼく、もうすぐ一年生なの」

「とてもよく似合っていますよ」

宗馬はうれしそうに笑いながら、その場でくるくると回っている。

「そういえば、相続手続きの間、雅代さんと連絡を取っておりまして、ひとつ新しい事実が分かったんですよ」

「なんですか？」

「なぜ、オルゴールの鍵が池上さんのお部屋にあったのかです。普通、プレゼントをするなら鍵も一緒に渡すでしょう？　理由が分からないと雅代さんがおっしゃっていたのですが、遺品の中から写真が見つかって、真相を思い出したそうです」

写真は、若き日の池上と幼い雅代のツーショットで、肩車をしてもらいはしゃぐ雅代の手の中に、オルゴールがあったのだという。

「池上さんと別れることになったとき、雅代さんはわざと忘れ物をしたそうです。オルゴールの鍵を置いていったんですね。それで取りに帰りたいと言えばまた会えると思ったけれど、叶わなかった、ということです」

「そうなんですね……。生きている間に会えなかったのは残念ですが、でも池上さんは、それを望まれていたのかもしれないなとも思います。自分の死後に奇跡が起きたらいいなって。だから、届くかも分からない魔法の箱に隠したんだと思います」

「なるほど。死後に望みが遂げられるのを願って、モノを遺すこともある。学びになります」

幼少期の記憶が薄れても、雅代はオルゴールが大切なものであることだけは忘れなかった。ふたりの四十年の想いがあったから、涼子と宗馬は、いまこの部屋に居る。

「さて……それでは、そろそろおいとましますね」

見送りにキッチンへ出ると、シンク横に置いた花束が目に入り、もう会うことはないのだと実感した。

母子ハウス、保育園、物件探しからの卒業だ。

「お世話になりました。どうぞお体に気をつけて、ご活躍をお祈りしております」

涼子が深々と頭を下げて礼を述べると、宗馬は泉の顔を見上げて、胸を張った。

「ぼく、小学校で、いっぱいおべんきょうするから。他のおうちでナゾあったら、お電話してね」

「はい。困ったときはよろしくお願いしますね。名探偵さん」

この物語はフィクションです。
登場する人物・団体・事件等は架空であり、
実在のものとは関係ありません。

参考文献

『ヘンリー・ダーガー 非現実を生きる』
（小出由紀子編著　平凡社）
『宅建プロフェッショナル六法2024』
（池田真朗編　信山社）
『不動産オーナー・管理会社のための 事故物件対応ハンドブック』
（花原浩二／木下勇人／井上幹康　日本法令）
『死に方のダンドリ』
（冨島佑允／奥真也／坂本綾子／岡信太郎／太田垣章子／霜田里絵／中村明澄／大津秀一　ポプラ新書）

―――本書のプロフィール―――

本書は、小学館文庫のために書き下ろされた作品です。

協力　アップルシード・エージェンシー

小学館文庫

午前《ごぜん》二《に》時《じ》不《ふ》動産《どうさん》の謎《なぞ》解《と》き内覧《ないらん》

著者　奥野《おくの》じゅん

二〇二五年一月十二日　初版第一刷発行

発行人　庄野　樹
発行所　株式会社　小学館
〒一〇一-八〇〇一
東京都千代田区一ツ橋二-三-一
電話　編集〇三-三二三〇-五九五九
販売〇三-五二八一-三五五五
印刷所――――中央精版印刷株式会社

ISBN978-4-09-407424-6